BOOKSPOT

Gute Krimis brauchen manchmal auch eine gute Plattform um sie zu präsentieren.
Vielen Dank für die Schaffung einer perfekten Atmosphäre.

04.11.09

Mit mörderischen Grüßen

Angela Eßer (Hg.)

Mörderischer Westen

Kurzkrimis

BOOKSPOT VERLAG

Alle Rechte vorbehalten, insbesondere das Recht der mechanischen, elektronischen oder fotografischen Vervielfältigung, der Einspeicherung und Verarbeitung in elektronischen Systemen, des Nachdrucks in Zeitschriften oder Zeitungen, des öffentlichen Vortrags, der Verfilmung oder Dramatisierung, der Übertragung durch Rundfunk, Fernsehen oder Video, auch einzelner Text- und Bildteile.

Die Rechtschreibung der Geschichte von Anne Chaplet folgt dem nicht reformierten Regelwerk.

Copyright © 2007 by Bookspot Verlag GmbH
Satz/Layout: Bookspot Verlag
Titelentwurf: Magical Media
Redaktion: Eva Weigl
Druck: Kessler Druck und Medien, Bobingen
Made in Germany
ISBN 978-3-937357-23-2
www.bookspot.de

Inhalt

Vorwort 7

Raucher sind Mörder 9
Jürgen Kehrer

Gelinkt 21
Almuth Heuner

Helmers großer Tag 29
Marcus Gieske

Second Life – Zweites Leben 37
Ingrid Schmitz

Hauptsach gudd gess! 49
Martin Conrath

Ich habe sie doch geliebt! 59
Herbert Knorr

Späte Gäste sterben früher 63
H. P. Karr

Stöhnen verboten 71
Anne Chaplet

On the road: von Lippstadt nach Unna 77
Gunter Gerlach

Die Städtepartnerschaft 91
Peter Hardcastle

Stiftels finsteres Geheimnis 103
Ralf Kramp

Freiwild 119
Heidi Rehn

Vergiften, einfach vergiften! 129
Klaus Seehafer

Déjà-vu 137
Krystyna Kuhn

Autoren sterben früher 153
Harald Schneider

Almosen 165
Monika Geier

Betriebsausflug 185
Angela Eßer

Die Autorinnen und Autoren 187

Vorwort

Der Westen ist schon lange eine mörderische Gegend, jedenfalls literarisch, denn er beherbergt viele Autorinnen und Autoren, die dem deutschsprachigen Krimi wichtige Impulse gegeben haben. Gerade die subtilen kleinen und großen Gemeinheiten des Alltags haben oft ihren besonderen Reiz.

Eine Auswahl bekannter Autorinnen und Autoren aus dem Westen beleuchtet das Verbrechen aus verschiedenen Blickwinkeln, und siehe da, es muss ja nicht immer nur Mord sein, wenn das Gesetz in einem Buch gebrochen wird. Krimis sollen vor allem mörderisch spannende Unterhaltung bieten, möglichst gewürzt mit einer Prise Humor, ein wenig Lokalkolorit und dem einen oder anderen Aha-Effekt.

Ich lade Sie herzlich ein, mit den beteiligten Autorinnen und Autoren den *Mörderischen Westen* zu entdecken, der schon seit Jahren, zumindest auf Papier, mit Leichen gepflastert ist und wünsche Ihnen spannende Unterhaltung!

Angela Eßer
Herausgeberin

Jürgen Kehrer

Raucher sind Mörder

Es war an einem dieser düsteren Herbsttage. Das Detektivgeschäft lief schleppend, und ich hatte ausreichend Zeit, um über ein deutsches Kohlgemüse mit sieben Buchstaben nachzudenken und dabei an einer handgerollten Honduraszigarre für fünf Euro das Stück zu saugen. Der kleine, aber erlesene Vorrat, der im Schreibtisch lagerte, stammte noch von meinem letzten, erfolgreichen Auftrag, bei dem ich einen moldawischen Exil-Tabakhändler aus den Klauen der moldawischen Mafia befreit hatte. Zwischen dem Nachdenken und dem Saugen warf ich gelegentliche Blicke aus dem Bürofenster. Unten, auf dem Prinzipalmarkt, konnte sich ein grauer Menschenstrom nicht entscheiden, ob er noch der herbstlichen Depression oder bereits dem vorweihnachtlichen Kaufrausch verfallen war.

Endlich klingelte das Telefon. Das heißt, es klingelte im Vorzimmer, auf dem Schreibtisch meiner Sekretärin Jana, die sich die vorgeschriebenen drei Sekunden – das wirkte professioneller – Zeit ließ, bis sie abnahm. Ungeduldig lauschte ich ihren, durch die Glastür kaum gefilterten, Worten: „Detektivbüro Wilsberg. Ermittlungen aller Art."

Jana hörte zu und sagte dann: „Moment. Ich verbinde."

Als der Durchstell-Summton erklang, hatte ich den Hörer schon in der Hand. „Wer ist es?"

„Keine Ahnung. Hat seinen Namen nicht genannt." Janas Stimme klang schleppend und gelangweilt. Aber das würde sie auch dann noch tun, wenn der Domplatz aufreißen und eine Horde nach Schwefel stinkender Teufel aus dem Loch klettern würde. „Er meinte, Sie hätten seinen Anruf erwartet."

Das war gelogen. Nicht der optimalste Anfang einer gedeihlichen Geschäftsbeziehung. Ich nahm mir vor, mich davon nicht beeindrucken zu lassen.

Es war eine Männerstimme. Sie kam direkt zur Sache: „Das ist deine letzte Chance, Wilsberg. Entweder du hörst auf, oder wir verpassen dir einen Denkzettel."

Ich schluckte. „Wovon reden Sie überhaupt?"

Die Stimme lachte dreckig. „Glaub mir, Freundchen, die Nichtraucher-Liga kennt jeden Raucher in der Stadt. Ihr habt lange genug die Luft verpestet und unseren Kindern euer Gift eingeimpft. Wir lassen uns das nicht länger bieten. Also: wie ist deine Antwort?"

„Nun machen Sie aber mal einen Punkt! Es gibt auch noch andere Umweltverschmutzer, Autos zum Beispiel oder die Industrie. Ich zahle bereits einen fünfzig Prozent höheren Krankenkassenbeitrag, und Sie können sich nicht vorstellen, was ich mir bei meinem Zahnarzt anhören muss. Dabei", ich holte zu meinem gewichtigsten Argument aus, „fallen wir Raucher der Sozialversicherung insgesamt weniger zur Last als ihr Nichtraucher. Okay, die Krebsbehandlung ist ziemlich teuer. Aber wegen der niedrigeren Lebenserwartung kann sich die Rentenversicherung an uns gesundstoßen."

Leider hatte mein Gesprächspartner nichts für Argumente übrig. Er sagte: „Du hast es so gewollt", und legte auf.

Die Honduras war vor Schreck ausgegangen. Ich setzte sie wieder unter Dampf und paffte gedankenverloren vor mich hin. Natürlich hatte ich schon von den Aktionen der Nichtraucher-Liga gehört. Seitdem im Jahr 2008 die rot-grüne Koalition, die von der Nichtraucher-Partei geduldet wurde, Münster zur rauchfreien Zone erklärt und das Rauchen in öffentlichen Gebäuden, in Gaststätten, in Parks und auf allen Straßen unter Strafe gestellt hatte, war das Klima für Raucher merklich schlechter geworden. Der Nichtraucher-Liga reichte das alles noch nicht. Mit Graffitis (‚Hier wohnt ein Raucher-Schwein') und handgreiflichen Attacken ging sie gegen renitente Raucher vor, die das Rauchverbot in der Öffentlichkeit missachteten. Bislang hatte ich mich jedoch in Sicherheit gewähnt. Ich rauchte nur in geschlossenen Räumen und weißte jeden Morgen meine Zähne. Es sei denn – ich schielte zur Glastür – Jana hatte sich den Nichtraucher-Terroristen angeschlossen.

Mit einem entschlossenen Griff drehte ich die Rauchfanganlage, die nicht nur den Rauch absaugte, sondern auch einen schwachen Fichtennadelgeruch verströmte, eine Stufe höher. Beinahe gleichzeitig gab es eine spürbare Erschütterung, unmittelbar gefolgt von einem lauten Knall im Treppenhaus.

Ich stürzte in den Vorraum.

„Was war das?", fragte ich Jana, die regungslos auf ihrem Stuhl saß.

„Kann ich durch Wände gucken?", gab sie angewidert zurück. „Wer ist denn hier der Detektiv?"

Im Treppenhaus schlug mir beißender Qualm entgegen. Immerhin, die Treppe stand noch. Als sich die Rauchschwaden einigermaßen gelichtet hatten, konnte ich die blutrote Inschrift neben der Tür entziffern: ‚Letzte Warnung!'

Die Polizisten wirkten nicht sonderlich überrascht. „Sie sind der Dritte innerhalb von zwei Wochen", sagte ein genervt wirkender Grünling und kritzelte etwas in seinen Notizblock. „Oder rauchen Sie etwa nicht?"

„Na ja, gelegentlich …"

„Hauchen Sie mich mal an!"

„Also, ich bitte Sie …"

„Machen Sie schon!"

Ich hauchte.

„Mittelschwerer bis schwerer Raucher", stellte er fest. „Ich kann den Schaden selbstverständlich protokollieren. Aber Sie wissen ja, dass Versicherungen bei Schäden, die im Zusammenhang mit Rauchen entstehen, immer von Eigenverschulden ausgehen."

Nach einem Gespräch mit meinem Bürovermieter, das reichlich unerfreulich verlief, beschloss ich, den Laden für diesen Nachmittag zu schließen. Auch Jana hatte nichts dagegen, wie ich einem kurzen Zucken ihrer Mundwinkel entnahm.

Auf dem Weg zu meinem Auto schrak ich nur einmal zusammen, nämlich als ich an einer Plakatwand vorbeikam, die mir bis dahin noch nicht aufgefallen war. ‚Raucher sind Mörder' stand dort in fetten Schrifttypen. Und klein darunter: ‚Wir kriegen euch'.

Ich lenkte den Wagen stadtauswärts. Instinktiv zog es mich zu dem einzigen Menschen, mit dem ich über mein Problem reden konnte: Hajo Kleine-Schnutenkamp.

Hajo war von Beruf Tabakhändler. Früher hatte er mal einen Laden am Prinzipalmarkt besessen, aber als die Innenstadt zum Sperrgebiet für Tabakgeschäfte erklärt wurde, musste er mit seinem Sortiment in einen zum Verkaufsstand umfrisierten Wohnwagen an der Landstraße zwischen Gimbte und Westbevern umziehen.

Hajo nickte, als ich ihm von dem Anschlag erzählte. „Die werden immer wilder. Erst letzte Woche haben sie versucht, mir einen Molotow-Cocktail in den Wagen zu schmeißen. Ist ihnen schlecht bekommen." Er griff unter die Theke und zog einen Revolver hervor. „Einen von denen habe ich am Bein erwischt. Trotzdem, Ende des Monats ist Schluss für mich. Das Herz, verstehst du?"

„Du hörst auf?", fragte ich entsetzt.

„Ich habe eine Konzession für den Verkauf von Bienenhonig auf Wochenmärkten bekommen. Ein ruhiges Geschäft, alles ökologisch."

„Und wo kriege ich dann …?" Der Rest der Frage blieb mir im Hals stecken.

„Am Steiner See südlich von Hiltrup gibt's noch einen Händler. Allerdings ist er nicht leicht zu finden. Aus Sicherheitsgründen hat er nur ein paar Stunden in der Woche geöffnet. Hier", er schob mir einen Zettel über die Theke, „die können dir weiterhelfen."

Eine Raucher-Gruppe. Ich seufzte. Vereinsmeierei hatte ich noch nie ausstehen können. Aber was blieb mir anderes übrig, wenn ich Gleichgesinnte treffen wollte?

Mit einem Stapel Zigarilloschachteln und einem mulmigen Gefühl im Bauch ging ich zu meinem Auto zurück. Die Gespräche mit Hajo würden mir fehlen. Außerdem konnte man hier draußen in Ruhe einen Zigarillo durchziehen, ohne gleich die Polizei fürchten zu müssen.

Auf der Fahrt nach Hause probierte ich eins von Hajos Abschiedsgeschenken, eine rauchfreie Zigarette, die aussah wie ein Lutscher und die man daher sogar im Auto rauchen konnte. Sie schmeckte fürchterlich. Wenn das die Zukunft des Rauchens war, würde ich lieber nach Kuba auswandern. Seitdem Fidel Castros Nachfolger die Insel zum Raucherschutzgebiet ausgerufen hatten, boomte der Tourismus. Sogar Exilkubaner aus Miami ließen sich für ein Rauch-Wochenende nach Havanna einfliegen.

Die Raucher-Gruppe traf sich im Hinterzimmer einer Kneipe, geschützt durch eine raffinierte, doppelte Luftschleuse, die der Wirt, selbst Raucher, von der Theke aus steuerte. Die Anwesenden beäugten mich zwar misstrauisch, aber Hajos Passierschein und eine frische Honduras beruhigten die Gemüter.

Was dann kam, war noch deprimierender, als ich es mir ohnehin vorgestellt hatte. Fast alle Anwesenden waren Zigarettenraucher, die gierig an ihren Kippen sogen, um in möglichst kurzer Zeit eine maximale Menge Nikotin in die Lungen zu pumpen. Keine Spur von Rauchgenuss.

Und als ich vorsichtig mein Anliegen vorbrachte, gemeinsam etwas gegen die Nichtraucher-Liga zu unternehmen, winkten sie ab.

„Keine Chance", sagte ein Mann, der sich Hans nannte, wahrscheinlich ein Pseudonym. „Die sind so gut organisiert, da können wir nicht gegen anstinken. Da steckt eine Menge Geld dahinter. Angeblich wird die Liga von der Nichtraucher-Partei finanziert."

„Weißt du, die hatten mich auch mal auf dem Kieker", meinte ein anderer. „Schmiereien an der Haustür und so. Du kennst das ja. Ich habe dann überall herumerzählt, ich hätte mir das Rauchen abgewöhnt. Von da an war Ruhe. In meinen Keller können sie nämlich nicht reingucken."

„Alles eine Frage des guten Rauchabzugs", lachte ein Dritter. „Man muss sich seinen Keller nur gemütlich einrichten."

Nach einer halben Stunde zog ich frustriert wieder ab. Mitstreiter konnte ich hier keine finden. Entweder ich nahm den Kampf alleine auf, oder ... Neben mir raschelte es im Gebüsch. Ich fuhr herum, die Finger um das Zigarrenetui geklammert. Aber es war nur ein Eichhörnchen.

Am nächsten Morgen erschien Jana nicht zur Arbeit. Dafür kam mit der Post ihre Kündigung. Es sei nichts Persönliches, aber sie müsse an sich und ihre Kinder denken. Deshalb sei es für beide Seiten am besten ... blabla.

Ich war nicht verzweifelt, aber noch nie hatte ich mich so gut in den letzten Mohikaner hineinfühlen können. Den ganzen Vormittag über tigerte ich durch das Büro. Vor lauter Anspannung vergaß ich sogar das Rauchen.

Die Nichtraucher-Liga ließ sich Zeit. Genau bis ein Uhr mittags. Dann meldete sich mein Quälgeist vom Vortag. „Nun? Wie hast du dich entschieden?"

„Raucher sind die besseren Menschen", sagte ich.

Ein bedrohliches Schweigen in der Leitung.

„War nur ein Scherz", fügte ich hastig hinzu. „Ich bin bereit, auf alle Forderungen einzugehen."

„Dein Glück", grollte er. „Als Erstes ziehst du die Jalousie an deinem Schreibtischfenster hoch."

Ich tat, wie mir geheißen. Auf der anderen Seite des Prinzipalmarktes stapelte sich fünfstöckig der Hauptsitz der Stadtverwaltung.

Und hinter einer der ungefähr sechzig Einheitsgardinen, die mir zugewandt waren, stand vermutlich Quälgeist.

„So, und nun vernichtest du deine Tabakvorräte auf dem Schreibtisch! Schön langsam, ich möchte es genau sehen."

„Was halten Sie davon, mir kurz zuzuwinken? Dann weiß ich, in welche Richtung ich mich drehen muss", schlug ich ihm vor. Er lachte und sagte etwas Unverschämtes.

Ich zerbröselte den Inhalt einer Zigarilloschachtel der billigeren Art. Als Zugabe, wenn auch schweren Herzens, opferte ich drei handgerollte Honduras.

„Das war's", stöhnte ich in den Telefonhörer. „Zufrieden?"

„Und was ist mit der Kiste in der rechten unteren Schreibtischschublade?"

„Die Monte Christos? Sind Sie wahnsinnig? Das ist Kulturgut. Echte Havannas. Auf dem Schwarzmarkt könnte ich dafür einen Tausender bekommen."

„Von mir nicht", kanzelte er mich humorlos ab. „Wird's bald?"

Jana, schoss es mir durch den Kopf. Sie musste mit denen unter einer Decke stecken. Niemand sonst wusste, wo ich die Monte Christos aufbewahrte.

Blitzschnell legte ich eine Handvoll Zigarren neben die Kiste, der Rest war unwiederbringlich verloren. So elend wie beim Zerkrümeln der kostbaren braunen Stängel hatte ich mich schon lange nicht mehr gefühlt. Gleichzeitig schwor ich Quälgeist Rache. Er hatte eindeutig überzogen. Bis hierhin und nicht weiter. Das würde mir die Nichtraucher-Liga büßen.

Um ihn zu testen, ließ ich drei Zigarren unversehrt. „Fertig."

„Willst du mich verarschen?"

Aha, das konnte er nur aus der obersten Etage sehen. Während ich die drei letzten Havannas niedermachte, behielt ich die obere Fensterreihe im Auge. Und tatsächlich, die dritte Gardine von links bewegte sich leicht.

„Unmensch, Kulturbanause", motzte ich ins Telefon. Aber da war die Leitung schon tot.

Ich schloss das Büro ab und hetzte über die Straße. In weniger als drei Minuten hatte ich Quälgeists Operationsbasis lokalisiert. Neben der Tür hing kein Namensschild. Ich drückte ein Ohr gegen das Holz. Nichts. Ich klopfte. Wieder nichts. Vorsichtig drückte ich die Klinke. Die Tür ließ sich widerstandslos öffnen. Hinter ihr verbarg sich – eine schnuckelige Teeküche. Ich hätte vor Wut heulen können.

Doch plötzlich roch ich es. Ein ekelhaftes Männerparfüm. Eins von der Sorte, die einem das Essen verdirbt, wenn der Typ am Nebentisch sich damit eingesprenkelt hat. Und es kam mir irgendwie bekannt vor.

Ich schnüffelte erneut. Richtig, jetzt fiel es mir wieder ein.

Der Rest war ein Kinderspiel. Ein paar Tage Observation, einige gezielte Einkäufe. Dann konnte der Coup starten. Winfried Grippekoven, der Pressesprecher des Fraktionsvorsitzenden der Nichtraucher-Partei, welcher mich mal engagiert hatte, weil er die wirtschaftlichen Verhältnisse des neuen Liebhabers seiner Ex-Frau geklärt wissen wollte, traf sich mit den übrigen Aktivisten der Nichtraucher-Liga in einem Seminarraum des ‚Gesundheits-Zentrums', einer Weiterbildungseinrichtung im Südviertel. Zur Tarnung hatten sie sich die Kursbezeichnung ‚Wie schützen wir unsere Kinder vor Nikotin-Dealern?' zugelegt.

Nachdem sich alle Ligisten versammelt hatten, versperrte ich mit einem Nachschlüssel unbemerkt die Tür. Dann füllte ich eine Magnumflasche des ekligen Herrenparfüms in ein Spezialgerät für Kammerjäger und blies ihnen einen Vorgeschmack durchs Schlüsselloch.

Der Erfolg war beachtlich. Erstes Niesen, Unruhe, gereizte Anfragen: „Wer stinkt denn hier so?"

Die nächste Prise fiel deftiger aus. Jetzt kam Leben in die Bande. Sie sprangen auf, schrieen sich an, rüttelten an der Tür.

Ich nahm das Mikrofon und aktivierte die in der Nacht zuvor installierte Lautsprecheranlage: „Na, wie gefällt euch das? Ist der Geruch einer edlen Havanna-Zigarre nicht geradezu lieblich dagegen?"

Wütendes Geheul war die Antwort. Aber nicht lange. Nach zwei weiteren Prisen kapitulierten sie. Sie flehten geradezu darum, meine Havannas ersetzen und den Hausflur renovieren zu dürfen. Winfried Grippekoven wurde, bei einer Gegenstimme, aus ihrem Verein ausgeschlossen, und außerdem versprachen sie – wie sie, auf meinen Wunsch hin, per E-Mail allen münsterschen Medien mitteilten –, sich zukünftig gegen den Missbrauch von Parfüm in der Öffentlichkeit einzusetzen.

Almuth Heuner

Gelinkt

Das ging alles so schnell, wahrscheinlich hat der Typ gar nicht mitgekriegt, dass er starb. Jedenfalls hat er noch nicht mal Zeit gehabt zum Zappeln. So geht's Leuten, die für meinen Boss Geldwäsche betreiben, aber sich plötzlich nicht mehr an die Spielregeln halten. Ich hab mich von hinten an seinen Schreibtischsessel angeschlichen – der hatte so eine hohe Lehne –, hab die Garotte um seinen Hals geworfen und zugezogen. Klasse, diese Technik. Macht keinen Lärm, lässt sich leicht transportieren und fällt auch beim Sicherheitscheck am Eingang der Bank nicht auf. Die ideale Waffe sozusagen.

Im Nachbarbüro klappte eine Tür zu. Zeit zu verschwinden. Ich ließ die Schlinge wieder in die Hosentasche gleiten, spazierte ohne ungebührliche Hast an dem Anzugheini vorbei, der nebenan rauskam, und arbeitete pfeifend weiter, bis meine Schicht zu Ende war.

„Chast du schon die Zeitung gelesen, Paolo, mein Junge?"

Das war dann der Hammer am nächsten Morgen. Ich wunderte mich, wieso mein Auftraggeber am Telefon plötzlich so eisig war. „Nee, Boss, noch keine …"

„Ich chatte mich doch klar ausgedrückt, oder? Kein Lärm, keine Schweinerei, ruhiger, sauberer Job. Und dafür ruhige, saubere Kohle." Typisch. Hier in Frankfurt vergessen selbst die härtesten Burschen nie, über Geld zu reden.

„Ach ja, Boss, das mit der Kohle …"

„Und ich chatte dir genau gesagt, wer der Kunde ist. Du chattest doch alles: Name, Foto, Beschreibung des Arbeitsplatzes – damit du nicht wieder den Falschen umlegst wie neulich."

Wenn der Boss so freundlich zu mir redet, läuft's mir immer kalt den Rücken runter. Dann glaub ich sofort, dass er 'ne schnelle Karriere vom sibirischen Bahnarbeiter zum Frankfurter Chef der Russen-Mafia gemacht hat. Bestimmt hat der die Masche mit der eisigen Stimme so gut drauf, weil er aus Nowosibirsk ist.

„Das lag wirklich nur daran, dass es hieß: im Hochhaus der Bank … kann ich ahnen, welche von den vierhundert hier …"

„Deschalb chattest du diesmal ja die Adresse. Und das Foto."

Scheiße. Ich hatte mir das Gesicht nicht angesehen. In der Hektik ganz vergessen.

„Bleib cool, Junge. Es war schon der Richtige. Nur chast nicht du ihn kalt gemacht. Jemanden mit 'ner Kugel zwischen den Augen kann man nicht mehr erdrosseln."

Kugel? „Boss, ich schwör's, ich hab die Garotte genommen!"

Pause am anderen Ende des Telefons. Dann, wieder seidenweich und ribbelfest: „Ja, du vielleicht. Aber den Job chat der Typ mit der Kanone gemacht. Die Kohle kannst du vergessen."

Ecco – ich hatte einen totalen Hals. Wer auch immer mir da zuvorgekommen war, der hatte mich schlichtweg beschissen. Ich tobte ein bisschen vor mich hin, bis mir wieder einfiel, dass im Nachbarbüro ein Geräusch gewesen war. Der Anzugheini! Und war da nicht auch Pulvergeruch gewesen? Na klar, der war's. Der konnte was erleben!

Viel Vorbereitung brauchte ich nicht, und was anderes hatte ich sowieso nicht zu tun, weil der Boss mich sozusagen mit Aufträgen verschonte. Mein Plan war ganz einfach. Ich hatte mich ja schon in die Putztruppe der Bank eingeschmuggelt. Jetzt brauchte ich nur noch abzuwarten, bis mir der Anzugheini wieder über den Weg lief, dann war der dran. Vielleicht ließe sich sogar noch was wegen der Knete regeln, aber das konnte ich erst planen, wenn ich mehr über den Typen wusste. Mein Boss machte eine Menge Geschäfte mit den Bankfritzen, sogar legale; war nicht auszuschließen, dass die ihrerseits gegen einen kleinen Deal nichts einzuwenden hätten.

Ich hatte schnell raus, dass mein zukünftiges Opfer nicht im Nachbarbüro arbeitete, denn da saß die Sekretärin von dem erdrosselten Erschossenen. Aber selbst wenn ich mich von oben bis unten durch diesen ganzen Bau putzen musste – ich würde ihn finden. Die Kolonnen waren jeweils nur für ein paar Stockwerke zuständig, aber als Vorarbeiter hätte ich mehr Spielraum, rumzuschnüffeln. So schnell, wie da geheuert und gefeuert wurde, war es kein Problem, befördert zu werden.

Genial war auch mein Schachzug, mit der einen Zuckerschnecke vom Wachdienst rumzuschäkern. Auch das fiel mir nicht schwer, denn erstens stehe ich wirklich auf braune Augen und ein paar Kurven, und zweitens war sie auch überhaupt nicht abgeneigt, bei Schichtbeginn noch eine Runde zu turteln. Ich bin ja kein Mann von vielen Worten; ich mach's immer mit tief in die Augen gucken. Wir fingen beide an zu arbeiten, während die meisten Banktypen das Haus verließen, und nach und nach fiel's auch gar nicht auf, dass ich mal so fragte, wer das alles war und wo genau die ihre Büros hatten. Dumm nur, dass die Kollegin der Zuckerschnecke eifersüchtig wurde.

„Sonja", sagte sie zum Beispiel, wenn ich mich gerade so schön am Wachtresen rumlümmelte, „überprüf doch mal die Tagesausweise vom letzten Monat." Sie wollte immer alles ganz ordentlich haben. Noch perfider: „Sonja, verrat mir doch mal, wie das kommt, dass die Sicherheitschecks der Eingänge noch nicht abgeschlossen sind." Und dann baute sie sich in ihrer Uniform neben mir auf. Ich steh ja schon auf Mädels in Uniform, und an der war auch einiges dran, aber ich kann's irgendwie nicht leiden, wenn die drei Meter größer sind als ich. Da hilft auch kein Walkürenbusen.

Mein Zuckerschneckchen blieb immer ganz gelassen, das fand ich toll. Sie sagte dann „Mach ich sofort, Gitte" oder „Keine Ahnung, hab mich auch schon gewundert, aber das hab ich gleich".

Na, es dauerte jedenfalls zwei, drei Wochen, bis ich über Sonja rauskriegte, wer mein Ziel war und wo er sein Büro hatte. Als sie ihn mir beim Rauskommen gezeigt hatte, war ich kurz in Panik, ob er mich wiedererkennen würde, aber glücklicherweise tat er das nicht.

Eines Abends war's dann so weit. Ich hatte mich auf die Lauer gelegt. In dieser Bank hatten sie's mit Pflanzen, und deshalb stand um die Aufzüge auf jedem Stock ein halber Urwald. Ich wusste, dass mein Opfer wegen Quartalsabschluss Überstunden machte. Die unteren Chargen aus seiner Abteilung waren schon weg, nur er saß noch da und scheffelte. Meine Kohle für den verpatzten Auftrag von ihm zu kriegen, hatte ich mir mittlerweile abschminken müssen – der hatte mehr mit Computern zu tun als mit Barem. Na, das war noch ein Minuspunkt für ihn. Und warum er meinen Auftrag versiebt hatte – das war was Privates gewesen, so hatte er sich's in seinem Taschenkalender notiert, völlig unprofessionell. Ich als Profi find ja, dass Amateure immer nur im Weg sind.

Ich würd' ja gern sagen, dass mein Blut jetzt kochte, aber so war's nicht. Ich blieb ganz kalt, so kalt wie mein sibirischer Don. Wirklich 'n feiner Trick von ihm, muss ich mir unbedingt merken.

Wie gesagt, ich lauere so hinterm Ficus, da kommt er den Flur entlang, stellt sich vor den Aufzug, drückt und wartet. Zwei Schritte auf Gummisohlen, Garotte um den Hals – ihm noch ins Ohr gezischt, warum er dran glauben muss – und zugezogen. Schwups, das war's. Sauber, leise, unauffällig. Ich zieh ihn noch hinter das Grüngemüse, damit sie ihn nicht sofort finden, dreh mich um ...

Verdammte Kacke, die Walküre vom Sicherheitsdienst!

„Hände hoch!", sagt sie zu mir und zielt doch wahrhaftig mit 'ner Knarre auf mich. Mädels, die auf mich schießen wollen, kann ich gar nicht ab.

Im ersten Reflex will ich die Knarre ziehen, wir wissen ja alle, dass Mädels nicht so schnell abdrücken – da fällt mir ein, dass ich keine dabei hab. Auch das Messer hatte ich eingemottet. Und so 'ne Garotte ist schließlich kein Lasso ...

Von hinten greift jetzt noch wer nach meinen Handgelenken und legt kalten Stahl drum.

„Tut mir echt leid", sagt die Stimme von meinem Zuckerschneckchen. „Aber du hast dich so auffällig für Männer interessiert ..."

Ecco, da hatte ich dann endgültig den Papp auf. Bei guter Führung bin ich in ein paar Jahren wieder draußen – so 'n netter, höflicher Kerl wie ich schafft das spielend. Dann mach ich die Jobs auf meine Art und lass mich nicht mehr auf so Firlefanz ein. Und Weiber – na ja, so ganz kann ich da die Finger nicht von lassen. Aber ich werd mir 'n großen Zettel schreiben, dass man Weibern einfach nicht trauen kann.

Marcus Gieske

Helmers großer Tag

Er sah sie zuerst in der Lebensmittelabteilung. Wie schon am Vortag schlenderte sie scheinbar ziellos zwischen Buttermilch, Hüttenkäse und Magerquark an den Kühltheken entlang, ohne dabei den Blick nach rechts oder links zu wenden. Er stand etwa zwanzig Meter entfernt, drehte einen Joghurtbecher in den Händen und beobachtete sie aus den Augenwinkeln. Sie würde ihn nicht bemerken, denn unauffälliges Verhalten hatte er lange trainiert. Wahrscheinlich würde sie gleich auf die Elektroabteilung zusteuern, wie sie es gestern auch getan hatte. Sie war groß, dunkelhaarig und durchaus als hübsch zu bezeichnen, nur ihr Gang passte nicht zu ihrer eleganten Erscheinung.

Vielleicht liegt es nur daran, dass sie ziemlich große Füße hat, überlegte er. Mit denen kann man die Landschaft planieren, aber ganz bestimmt nicht über einen Catwalk laufen. Ärger stieg in ihm hoch, denn ihre arrogante Ausstrahlung mochte er ganz und gar nicht. Er war sich jedoch sicher, dass ihr das bald vergehen würde, wenn er sie erst erwischt hätte.

Seine Voraussicht erwies sich als zutreffend und die Frau bewegte sich, immer noch bummelnd, auf die Abteilung der „unentbehrlichen technischen Errungenschaften" zu.

Schnell und unbemerkt begab er sich zwischen die malerisch drapierten Staubsauger und spähte durch eine Lücke, um sie bloß nicht aus den Augen zu verlieren. Er musste sehr vorsichtig vorgehen, denn um diese Zeit hielten sich nicht sehr viele andere Kunden im Geschäft auf. Die Frau sah zu ihm herüber und sofort begann er sich intensiv mit dem Zubehör eines astronomisch teuren „Superstaubsaugers" zu beschäftigen. Sie durfte auf keinen Fall bemerken, dass er hinter ihr her war. Heute würde er sie nicht entkommen lassen. Heute würde er endlich beweisen, was er drauf hatte und dass er jeden Cent seiner Bezahlung wert war. Eigentlich hätte er wesentlich mehr verdienen müssen, denn er kannte keinen Zweiten, der ihm in dem Laden hier das Wasser hätte reichen können. Wie denn auch? Er war der einzige Detektiv, aber das verdrängte er gern. Ja, heute musste Eugen Vossbach, dieser eingebildete Affe von einem Filialleiter, ihm die gebührende Achtung entgegenbringen. Schwarzärgern sollte der sich und keinen Grund mehr haben, seine spöttischen Kommentare von sich zu geben. Der elendige Fatzke liebte diese Art des Degradierens. Wie oft hatte er das schon ertragen müssen, wenn der Erfolg auf sich warten ließ. Er wurde abrupt aus seinen Gedanken gerissen, als die Frau einen MP3-Player und ein teures Handy in ihren Wagen legte. Sie suchte langsam eine Ecke des Supermarktes auf, die außerhalb der Reichweite der neu installierten Überwachungskameras lag. Sie vergewisserte sich kurz, dass niemand Notiz von ihr nahm, dann entfernte sie Folien und Preisschilder mit geübten Fingern und ließ ihre Beute in ihrer Handtasche verschwinden. Zum Abschluss schob sie das fallen gelassene Verpackungsmaterial sorgfältig mit dem Fuß unter ein Regal. Diese Aktion ereignete sich in bewundernswerter Geschwindigkeit und wurde von keinem der anderen Kunden bemerkt. Fast hätte er so etwas wie Respekt vor dieser miesen kleinen Diebin empfunden. Immerhin schienen sie gewisse Gemeinsamkeiten zu haben; wenn sie auch sicher noch keine vierundvierzig war wie er, schien sie doch Erfahrung in ihrem Metier zu haben und ihre Zielstrebigkeit und das selbstbewusste Vorgehen waren Attribute, die Kai Helmer für sich auch in Anspruch nahm. Er musste kichern bei dem Gedanken, dass er, einer der besten Kaufhausdetektive Deutschlands, wie er sich gern titulierte, vielleicht gerade dabei war, eine der besten Diebinnen des Landes zu überführen. Jetzt würde er zugreifen und das Gefühl des Triumphes auskosten. Er freute sich schon auf das dämliche Gesicht von Vossbach, der ihm immer wieder die Schuld an der ansteigenden Diebstahlquote in den letzten Monaten gegeben hatte. Dieser Schwachkopf begriff einfach nicht, dass er nicht überall sein konnte und schon gar nicht mehrere Diebe gleichzeitig festhalten. Diese *HipHop*-Typen mit ihren „Sackhosen", in denen man fast alles einfach verschwinden lassen konnte, waren eine zusätzliche Landplage. Aber in seiner grenzenlos überheblichen

Art ließ er solche Argumente natürlich prinzipiell nicht gelten. Der saß da an seinem Schreibtisch oder lief mal dümmlich guckend im Laden umher und hatte nicht die geringste Ahnung, wie schwer sein Job hier wirklich war. Nein, der konnte sich nicht vorstellen, wie geschickt man vorgehen musste, um gerade die notorischen Kleptomanen zu erwischen.

Helmer wechselte schnell noch einmal seine Position, um ihr den Weg abzuschneiden, dann ging er gemächlich auf die Frau zu, die sich langsam Richtung Kasse bewegte.
„Würden Sie mich bitte begleiten, mein Name ist Helmer und ich bin hier der Detektiv. Schwierigkeiten sollten Sie besser nicht machen, junge Frau, sonst könnte die Sache für Sie noch viel unangenehmer werden", sagte er betont lässig und selbstzufrieden zu ihr, ohne sie auch nur für eine Sekunde aus den Augen zu lassen.
Helmer hatte mit irgendeiner Form der Gegenwehr, einem Fluchtversuch oder wenigstens mit einer Ausrede gerechnet, aber nichts dergleichen geschah. Die Frau blickte nur verschämt zu Boden. Helmer fühlte sich um etliche Zentimeter gewachsen. Endlich wurde ihm der Respekt zuteil, der ihm zustand und blähte sein Ego auf wie einen mit Druckluft gefüllten Ballon. Helmers Zustand näherte sich einem euphorischen Siegestaumel und er versuchte, seine ganze Coolheit in den Klang seiner Stimme zu legen, als er

die Frau in bestimmendem Tonfall anraunzte: „Wir beiden Hübschen werden uns jetzt in das Büro des Filialleiters begeben ... und machen Sie bloß keine Zicken". Die Frau nickte nur und ließ sich von Helmer widerstandslos zu einer roten Tür neben den Fernsehern schieben. Hinter der Tür befand sich ein spärlich beleuchteter Gang, an dessen Ende man eine weitere Türe erkennen konnte. Großkotz, dachte Helmer, als er das neue Schild an der Bürotür seines Chefs registrierte. „Eugen Vossbach – Filialleiter" prangte dort in großen Lettern, umrahmt von einer Holzeinfassung wie ein Gemälde. Er klopfte entschlossen an die Tür und wartete. Nichts regte sich. Merkwürdig, dachte Helmer, der es gewohnt war, unverzüglich die unangenehm schnarrende Stimme seines Chefs zu vernehmen. Wahrscheinlich war der Kerl wieder damit beschäftigt, seine pedantisch aufgereihten exotischen Pflanzen zu gießen, das war die einzig denkbare Situation in der man mit keiner unmittelbaren Reaktion rechnen konnte. Er klopfte abermals und wieder geschah nichts. Lauschend drückte er sein Ohr an das kühle Holz der Tür um wenigstens ein Geräusch zu hören. Es konnte doch nicht wahr sein, dass der Idiot ausgerechnet heute, in diesem Moment, nicht hinter seinem Schreibtisch hockte. Der Mistkerl thronte da eigentlich immer wie eine Spinne in ihrem Netz, warum jetzt nicht? In der Stille vernahm Helmer ein leises Rascheln. Er fuhr herum und blickte in das unbewegte Gesicht der ertappten Diebin. Das kalte, blitzende Metall des

Messers, das sie in der Hand hielt, registrierte er im diffusen Licht viel zu spät, um überhaupt noch reagieren zu können. Ein brennender Schmerz breitete sich in seinem Inneren mit rasender Geschwindigkeit aus. Mit fassungslosem Blick fixierte er die Frau, sein Mund versuchte etwas hervorzubringen, Worte zu formen. Dann wurde es dunkel vor Kai Helmers Augen und kein Laut drang mehr über seine Lippen.

Wenige Wimpernschläge später wurde die Bürotür des Filialleiters sorgfältig von innen verschlossen. Eugen Vossbach riss sich die Perücke vom Kopf, schlüpfte aus dem Designer-Kleid seiner Frau, die glücklicherweise die gleiche Größe hatte wie er. Nachdem er auf seiner Toilette sorgfältig Make-up und Lippenstift entfernt hatte, saß er einige Minuten danach wieder im Armani-Anzug und mit korrekt gebundener Krawatte an seinem Schreibtisch. Grinsend ließ er sein Diebesgut in eine Schublade seines Schreibtischs fallen. Endlich war er diesen dämlichen Möchtegern-Detektiv los, den man nicht feuern konnte, weil der schon seit zwanzig Jahren im Haus sein Unwesen trieb und außerdem in der Gewerkschaft war. Der Aufstand wäre zu groß gewesen und hätte seinem guten Ruf nur geschadet. Was also hätte er tun sollen? Es gab keine andere Möglichkeit, diesen unnötigen Kostenfaktor zu beseitigen. Selbstzufrieden rief Vossbach die Polizei an, eine plausible Geschichte hatte er schon seit Langem im Kopf.

Die Grabrede, die Eugen Vossbach für seinen auf so tragische Weise aus dem Leben gerissenen, hervorragenden Mitarbeiter hielt, rührte alle Anwesenden zu Tränen. Er hatte darauf bestanden, diese Rede persönlich für den so ehrenvollen und verdienten Kollegen zu halten.

„Wie gut", sagte Vera Clasen von der Käseabteilung seufzend zu ihrer schluchzenden Kollegin, „dass wir noch so einen mitfühlenden Chef haben."

Ingrid Schmitz

Second Life – Zweites Leben

„Okay, ich habe mich entschieden. Ich nehme den großen Shop da hinten, den mit der grün-weißen Markise. Wann kann ich ihn einrichten?" fragte Harald.

Sam1 Harvey stellte sich breitbeinig vor ihn. Die Rockerkluft und der Irokesenschnitt flößten Respekt ein. „Zahl' erst die Miete, dann bist du dabei."

„Abgemacht. Moment … alles klar, ist überwiesen." Harald schwitzte vor Aufregung. Das Überweisungssystem war noch schneller als Homebanking, da blieb keine Zeit zum Überlegen. Aber er bereute es nicht. Noch nie in seinem Leben hatte er ein eigenes Geschäft, einen Shop besessen. Von der spontanen Entscheidung bis zur Bezahlung der Miete war alles innerhalb weniger Minuten erledigt.

„Okay, du kannst. Willkommen und see you. Bin in Eile." Plötzlich war *Sam1 Harvey* wie vom Erdboden verschwunden.

Haralds „see you" kam zu spät. Zufrieden ging er die aus grauen Bruchplatten bestehende Straße entlang und sah zur Inspiration in die anderen Shops. Er lief direkt auf das Fachwerkhaus zu, in dem sich sein Laden befand. Ein Blick zurück zum Torbogen bestätigte es ihm: Ja, die Altstadt sah wirklich aus wie Rothenburg ob der Tauber und der Standort war gut, keine Frage.

Das musste gefeiert werden. Harald stand vom Schreibtischsessel auf und schleppte sich zum Kühlschrank. Er hebelte eine Flasche Billigbier auf. Heute fiel das Essen aus. Zum Einkaufen blieb ihm keine Zeit mehr, wie schon die Tage zuvor. Seitdem er den 3-D-Chat *Second Life* zuerst in der Zeitung und dann für sich entdeckt hatte, war alles andere spannender, als dieses dämliche Schlangestehen an der Supermarktkasse. Erst waren die letzten Brotscheiben vom blauen Schimmel befallen worden, danach die Vorräte an Tiefkühlpizza, Dosenfraß und Tütensuppen so gut wie aufgebraucht.

Gestern hatte er dann durch Zufall den zwei Tage alten Abschiedszettel seiner Frau auf seinem gemachten Bett gefunden. Egal, sie hatten sich in letzter Zeit sowieso nicht mehr so gut verstanden, dauernd hatte sie ihn stören müssen. Hauptsache, das Bier und die Zigaretten gingen nicht aus. Er sah auf die Kästen und Schachteln neben dem Kühlschrank. Reichte für knapp eine Woche, schätzte er. Eine spannende Woche – Non-Stop *Second Life* –, in der er endlich das große Geld verdienen würde. Der Shop sollte ihm dabei helfen. Bisher hatte er viel zu viele Euro in Linden-Dollar umgetauscht, um hier Spaß zu haben. Er hätte sich eben nicht so lange mit den Glücksspielen und dem Sex aufhalten sollen.

Mit einem lauten Rülpser setzte Harald die Flasche ab und kratzte sich im Schritt seiner Polyester-Jogginghose. Geduscht hatte er auch schon lange nicht mehr. Egal. Er griff zur Maus und bewegte *Harald Rockett*, seinen großen, braungebrannten, muskelbeladenen Sixpack-Avatar, der strahlendblaue Augen und einen glänzenden, blonden Wuschelkopf hatte. So eine Figur bekamen nur die SL-Profis hin, so wie er. Heute trug er einen teuren, schwarzen Nadelstreifenanzug mit weißem Hemd und weißer Krawatte, dazu noble Lederschuhe. Er war schließlich ein Geschäftsmann. Bevor Harald sich um sein mit kostenlosen Artikeln zugemülltes Inventar kümmerte, sah er auf die Freundesliste. Gab es da nicht den Journalisten des Lifestyle-Magazins *Touch* in SL? Wie hieß der noch? Er musste dringend Werbung für den Shop machen, Anzeigen schalten, wenn er was verdient hatte. Beim Scrollen der Namen fiel ihm auf, dass er nur Frauen, meistens Escorts, in seiner Liste hatte. Nutten, die er nicht mehr bezahlen konnte und die sich lange nicht mehr bei ihm gemeldet hatten. Die Namen löschte er alle, der animierte Cyber-Sex und das digitale Gestöhne reizten ihn nicht mehr. Außerdem kamen die Frauen wieder, wenn er reich war, da war er sich ganz sicher. Im *Second Life* und im Real Life, SL und RL, würden sie ihm die Bude einrennen. Geld regierte auch die virtuelle Welt. Was machte es da schon aus, wenn der Linden-Dollar eine Makro-Währung war? Immerhin wurde er an der Börse im Real Life gehandelt, und man konnte ihn in Euro umtauschen. Wenn das mit dem Shop in SL erstmal lief, würde er bald zehn oder zwanzig Shops haben. Er würde sich eine eigene Insel kaufen können und einen Grafiker und Scripter für sich arbeiten lassen, die ihm die tollsten Paläste und Attraktionen hinsetzten. Harald griff zur Flasche, sein Magen knurrte. Nie mehr müsste er das Haus verlassen. Demnächst erledigte er alles von seinem Chefsessel aus, ALLES!

„Prost *Harald Rockett*, du alte Rakete!", Harald Maier hielt die Bierpulle in Richtung seines lebensgroßen Avatars aus Pappmaché. Lässig stand dieser in einer Ecke des Zimmers und lächelte zu ihm hinüber. *GM Bombast*, der Fotograf, ebenfalls Mitglied der *Altstadt Kasada*, hatte Haralds Alter Ego in *Second Life* per *Snapshot* abgelichtet und aufbereitet. Der Postbote brachte ihn dann direkt ins Real Life. Haralds klägliches Eurovermögen war dabei draufgegangen, obwohl er seinen Avatar schon preiswerter bekommen hatte. Eine Kopie von ihm, etwas kleiner versteht sich, stand in SL Reklame. Sein erster Job als Fotomodell sozusagen. Auch Haralds Linden-Dollar Konto war arg geschrumpft. Er sah auf dem Monitor oben rechts die grüne Schrift: 50 L$, das reichte gerade mal für eine Luxuskrawatte. Für die Ladenausstattung musste er auf *Freebies*, die kostenlosen Möbel, zurückgreifen.

Endlich hatte er die 3-prim-chairs in seiner Liste gefunden. Mit einem Klapperschlangenrasseln zog er die Dateien auf den Boden, die sich prompt zu schwarzen Cocktailsesseln entfalteten. Sie sahen nicht berauschend aus, aber für den Anfang reichte es. Er rückte sie zurecht, stellte eine Pflanze dazu und hängte zwei Verkaufstafeln an die Wand, die er mit einigen Dateien, also Gegenständen, fütterte. Auch die hatte er irgendwo und überall kostenlos eingesammelt. So eine Art Sperrmüll in SL. Mit ein paar Klicks konnte seine Kundschaft sie nun auswählen und kaufen. Einfacher und schneller war nicht an das Geld der Anfänger heranzukommen. Sie waren nicht in der Lage zwischen Qualität und Quantität zu unterscheiden. Auf sie stürzte zuviel ein. Sie befanden sich wochenlang im Sex- und Kaufrausch, wenn sie ihr erstes Geld, wie auch immer, bekamen. Sobald Harald wieder bei Kasse war, suchte er sich ein paar Jungdesigner. Man fand sie meistens in der *Sandbox*, dem Bau- und Spielplatz von SL. Sie vergaßen in der Euphorie, etwas Schönes erschaffen zu haben, entscheidende Häkchen gegen das Kopieren in der Datei zu entfernen und waren froh, überhaupt etwas verkaufen zu können. So war er vor einem Monat für 30 L$ an ein äußerst realistisch aussehendes Diamantenkollier gekommen. Tolles Teil. Vierzig oder fünfzig Mal hatte er es für viel Geld an die SL-Models mit ihrer photographischen Haut und dem aufregenden, detailgetreuen Körper verkauft. Sie saßen vermutlich im wirklichen Leben in ihren Villen und vertrieben sich die Zeit bis zum nächsten Event. Die Luxusweibchen warfen auch in SL mit dem Geld um sich. Leider war ihr Sex nicht kostenlos gewesen, und so war er die Linden-Dollar wieder nach und nach losgeworden.

Harald klickte die Sessel in seinem Shop mit *Take* wieder weg. Sie gefielen ihm nicht, und ausgerechnet jetzt stand wieder so ein Neuer, ein Newbie vor ihm. Schmächtiges Kerlchen, mit rötlicher Einheitsfrisur, weißes T-Shirt, hellblaue Jeans und barfuß in Sandalen. Untrügliches Zeichen dafür, dass er gerade erst sein zweites Leben erblickt hatte. Diesen Typen musste er sich warm halten. Er bot ihm sofort die Freundschaft an und schleimte im Chat.

„Na? Wohl eben erst gelandet, was? Was willste denn wissen?", tippte er schwerfällig mit zwei dicken, klebrigen Fingern in die Chatspalte. Ihm fiel gerade ein, dass er ja das Webterminal 16 : 9 von einem Anfänger im Inventar haben musste, der damit nicht zurechtgekommen war. Für 20 L$ hatte er es ihm abgezockt, die Kopiersperre reingesetzt und für 199 L$ bisher über zehn Mal wiederverkauft. Hätte er das Geld noch, ginge es ihm besser. Er tippelte in seinem Laden umher, zog den originalgetreuen Monitor auf den Boden und den Bildschirm mit dem Real Life-Foto auf Plakatgröße.

Der Newbie, der *Paolo4 Audina* über seinem Kopf stehen hatte, blieb anscheinend unbeeindruckt. Er stand mit dem Rücken zum Geschehen und mitten im Weg.

„Hallo? Noch da?", fragte Harald. „Klick mal auf das Teil, dann kommste auf meine Homepage."

Erst jetzt drehte *Paolo4* sich um. „Ah, da ist sie ja."

„Wer?"

„Na, deine Frau. Schönes Bild von ihr. In Wirklichkeit sieht sie aber noch besser aus."

Harald leckte sich die Lippen. Ja, sie konnte sich mit ihren 40 Jahren noch durchaus sehen lassen. Er stand auf wesentlich jüngere Frauen. Schade eigentlich, dass sie gegangen war, aber die Geschäfte gingen nun mal vor. Ela würde ihn totschlagen, wenn sie ihr Nacktfoto hier sehen könnte. Nur, irgendwie musste er ja die Kunden anlocken. Er zog das Webterminal gut sichtbar ins Schaufenster.

Erst jetzt ging ihm ein Licht auf.

„Woher kennst du sie denn?"

Auf seinem Monitor blinkte das Feld mit den Buchstaben *IM – Instant Message*. Eine Nachricht, die die anderen nicht mitlesen konnten, im Gegensatz zum allgemeinen Chat, den man auch noch aus 15 Meter Entfernung mitbekam.

„Ich kenne sie einfach. Das muss reichen. Schicke sie mir ins reale Leben", stand da. Sein Magengeschwür drückte. Er verschluckte sich am Bier und hustete. Nur gut, dass *Paolo4* es nicht hören konnte.

„Was willst du?", fragte Harald zurück.

„Deine Nacktschnecke da – auf dem Foto. Ich will sie jetzt sofort. Notfalls über deine Leiche."

Harald stierte auf seinen Flachbildschirm.

Paolo4 stand nun mit einer Maschinenpistole in der Hand direkt vor *Harald Rockett* und bedrohte ihn. Obwohl Avatare nichts zu befürchten hatten, weil sie nicht sterben konnten, kam Panik in Harald auf. *Pa-*

olo4 ließ die Waffe wieder verschwinden. Er hielt sich den Avatarbauch vor Lachen.

Harald atmete befreit aus und hämmerte in die Tasten: „Oh Mann, beinahe hättest du mich reingelegt. Toller Joke. Wäre auch gar nicht gegangen, meine Frau ist vor zwei Tagen ausgezogen. ;-)))"

Das Telefon schellte. Harald zuckte zusammen. Er hob widerwillig ab und schrieb mit der freien Hand: „Moment, Telefon."

Paolo4 drehte sich ab.

„Meier! Hallo?"

„Wieso Joke?", kam erneut die Frage, die Harald beinahe vom Stuhl gehauen hätte.

„Wer ... sind ... Sie? Was soll das?"

„Kannst du nicht mehr lesen? *Paolo4.*"

Der Newbie-Avatar hob den rechten Arm und winkte mit einem fröhlich vertonten „Hello". Harald gruselte es.

Es krächzte durch den Hörer: „Bist du noch da? Also, was ist jetzt?"

„Woher hast du meine Telefonnummer?"

„So wie ich dich hier im zweiten Leben gefunden habe, habe ich dich auch in deinem ersten Leben aufgespürt."

Harald wurde schwindlig. Er schrieb „Moment" und verschwand auf die Toilette. Auf dem Rückweg zum Computer hoffte er, dass alles nur ein Tagtraum gewesen war. Nebenwirkungen sozusagen, vom tagelangen Chatten. Bevor er sich setzte, sah er beiläufig aus dem Fenster. Ein Wagen fuhr gerade vor und zwei Männer stiegen aus. Sie sahen zu ihm hoch. Harald versteckte sich schnell hinter der Gardine.

Eine weiße Schrift erschien am unteren Bildrand. „*IM Paolo4 Audina:* sind die Männer schon da?"

Harald ließ sich auf den Drehstuhl fallen. Er war einem Herzinfarkt nahe. Mit Flimmern in den Augen las er weiter.

„Habe mir gedacht, ich schicke dir zwei Leute, die deine Frau gleich mitnehmen können, wenn du sie in deine Wohnung gelockt hast. Also, ruf sie an. Wenn du es nicht schaffst, nehmen sie dich mit."

Harald zögerte kurz, ob er sich schnell ausloggen oder woanders hin teleportieren sollte, aber *Paolo4* war vermutlich der Einzige, der die Männer zurückpfeifen konnte. Er musste ihn überzeugen, dass seine Frau ins Ausland verreist war, oder einen Verkehrsunfall hatte, oder sonst wie die nächsten Jahre verhindert war. Er schaffte es nicht.

Harald fiel es schwer die Hand auf der Maus zu bewegen. Er hörte Schritte die Holzstufen hochkommen. Stimmengemurmel. Dann erklang der Türgong.

Mit hochrotem Kopf schrieb Harald um sein Leben: „Warte, ich rufe sie an. Sekunde. Gleich. Moment." Er bibberte am ganzen Körper. Er musste sie warnen, sagen, dass sie sich in Sicherheit bringen sollte und dass er eine Dummheit begangen hatte. Nie wieder würde er sich in *Second Life* einloggen, wenn er das hier überlebte, nie wieder.

Ela hob sofort ab. Als Harald ihre Stimme hörte war er kaum fähig zu reden. Tränen erstickten seine geschwächte Stimme.

„Schatz, du musst von hier verschwinden. Sie sind hinter dir her. Sie wollen dich kidnappen."

„Bist du besoffen? Am helllichten Tag? Hast wohl zu lange diese komischen Rollenspiele mitgemacht."

„Hör zu! Komm nicht hierher. Fahr zu deiner Mutter oder sonst wohin, lasse dich die nächsten paar Wochen nicht hier sehen, verstanden?"

„Das könnte dir so passen. Bin doch nicht blöd. Ich komme sofort und werd meine restlichen Klamotten abholen. Hab ja noch den Ersatzschlüssel. Meinst du wirklich, ich überlasse dir alles, he?"

„Ela, Schatz, nein …!!!"

Harald tippte panisch: „Esgeh tnich, siee kannnicht komen. Lasss uns rehdn."

Haralds Kopf flog hin und her – zum Monitor, zur Tür, zum Monitor. Es schellte Sturm. Holz splitterte. Er sah ein letztes Mal zur Tür.

*

Desdemona Rockett lief auf ihren Stöckelschuhen im *Sexy Walk* vor *Paolo4* her. Er erfreute sich an ihrem aufreizenden Avatar, was er mit „Hmmm, Honey, du wackelst so süß mit deinem Hinterteil. Ich könnte reinbeißen …", im Chatfeld äußerte.

„Paolo, reiß dich noch eine Minute zusammen, bis

wir uns zur Burg teleportiert haben. Schau lieber mal auf die Insel. Gefällt sie dir, oder sollen wir eine größere nehmen?"

„Welche du willst. Wann wird eigentlich Haralds Lebensversicherung fällig?"

Martin Conrath

Hauptsach gudd gess!

Koslowski glotzte, machte einen Schritt und rutschte auf einem Stück kalter Pizza aus. Rattenbach hatte es vorausgesehen, griff zu und bewahrte Koslowski davor, seine dreihundert Pfund auf die Leiche plumpsen zu lassen. Nach einigen Sekunden hatte sich der Koloss von Saarbrücken wieder eingependelt.

„Riecht verdammt gut hier", schnaufte er.

„Rucola, Knoblauch, Olivenöl und der Hauch des Todes", sinnierte Rattenbach.

„Deine literarischen Exzesse treiben mir die Säure den Hals hoch. Wir müssen einen Mord aufklären."

„Mord? Wie kommst du auf Mord? Koslowskis Märchenstunde. Kommt rein, zerstört um ein Haar den Tatort, hat nur Augen für den Fraß, und dann von Mord faseln."

„Pass auf, Klugscheißer", brummte Koslowski, beugte sich zur Leiche, griff in die fettigen Haare, zog den Kopf hoch, der sich mit einem schmatzenden Geräusch von dem kalten Käse der Pizza löste, der angestrengt versucht hatte, den Schädel festzuhalten.

Rattenbach beugte sich ächzend in der Hüfte. „Verdammt!", rief er, „Meine Bandscheiben bringen mich noch um!"

„Jammerlappen! Sieh mich an. Dreihundert Pfund und ein Rückgrat wie eine Eiche."

„Kein Wunder, mit zwei Kilo Eisen in der Wirbelsäule."

Koslowski lachte kehlig und zerrte den Kopf der Leiche hoch, bis der Tote aufrecht in seinem Stuhl saß. Eine Scheibe Salami rutschte langsam die Backe herunter, verlor den Halt und plumpste auf den polierten Holzboden. Mücken tanzten im Licht, die Sonne schielte gerade noch so über die Schieferdächer von Alt-Saarbrücken, die Sommersonnenwende stand bevor, der längste Tag des Jahres.

Artig blieb die Leiche in ihrer Position, die beiden Kommissare schafften sich auf die andere Seite. „Uff!", sagten beide gleichzeitig und sogen die Luft tief ein. „Der hält keinem mehr seine andere Wange hin", stellte Rattenbach fest.

„Und für seine Brillen braucht er nur noch ein einziges Glas."

„Spart Geld."

„Aber er kriegt Zug an den Zähnen. Das kann ziemlich unangenehm werden. Hab mal drei Wochen an so einer Sache herumgedoktert."

Koslowski fasste sich wissend an den eckigen Unterkiefer, zog einen Stuhl ohne Lehne heran und ließ sich vorsichtig nieder. Er fixierte die Leiche, dann seinen Kollegen. Kaum ein Unterschied, dachte Koslowski. Magersüchtig, hakennasig, bohnenstangenlang und beide Klugscheißer. Beide Saarländer. Rattenbach ist immer noch Saarländer. Warum habe ich meine Heimat verlassen und bin ans Ende der Welt gezogen? Koslowski seufzte tief, sehnte sich nach dem Thüringer Wald, und begutachtete die zerstörte Gesichtshälfte.

„Ich weiß, was du denkst, Koslowski. Ich weiß, was in deinem verfetteten Gehirn vor sich geht. Du magst mich nicht und du magst das Saarland nicht. Das beruht auf Gegenseitigkeit. Du bist und bleibst Ausländer. Du verlachst die saarländische Kultur. Du weigerst dich, die Krönung der Kochkunst in Form von Dippelabbes zu essen. Du importierst Würste. Aber weißt du, was das Schlimmste ist? Wir prügeln uns nicht mehr!"

Rattenbachs Stimme veränderte sich nicht, er schnurrte wie eine Katze, während Koslowski schon schrie, wenn er nur guten Tag sagte.

„In der Tat, das ist bedauerlich. Vor allem, weil es immer noch unentschieden steht."

„Wenn wir pensioniert sind, denken wir uns etwas Neues aus, okay? Dauert ja nicht mehr lange."

Koslowski grunzte, Rattenbach nickte.

„Todesursache?"

„Erwürgt!", dröhnte Koslowski.

„Sehe ich auch so. Wo ist das Auge? Und die Backe?", flüsterte Rattenbach.

„Ich werde alt. Das ist gar keine Pizza *Sophia Loren*." Der Koloss von Saarbrücken ließ Luft ab, Rattenbach drehte sich zur Seite und schluckte einige Male hart, um zu verhindern, dass sich sein Magen durch die Speiseröhre entleerte. Sein Wille siegte über sein Fleisch, er wandte sich wieder dem Koloss und der Pizza zu.

Koslowski pickte gerade das Auge von dem Teigfladen, Rattenbach hielt eine Plastiktüte hin, es plumpste hinein. Rattenbach ließ das Tütchen vor seinem Gesicht hin und her pendeln.

„Was guckst du?", sagte er und beide prusteten los vor Lachen. Nach zehn Minuten legte sich der Sturm, die beiden Ermittler tupften sich die Tränen aus dem Gesicht.

Rattenbach konnte als Erster wieder sprechen. „Er hat tatsächlich blaue Augen!"

Sofort wurde Koslowski ernst. „Mann, du hast recht. Das Auge ist tatsächlich blau. So kann's gehen. Jetzt kenne ich den Kerl seit zwanzig Jahren und ich hab nicht mal seine Augenfarbe gewusst."

„Und die Backe?"

Mit seinem Zeigefinger, der aussah wie eine Bockwurst, wies der Koloss auf eine rote Scheibe, die von einer Schicht Rucola nur unzureichend verdeckt wurde.

Rattenbach schüttelte nur den Kopf. „Das ist Lachs."

Erfreut griff Koslowski zu und schob sich die Scheibe Lachs hinter die Kiemen.

„Und?", fragte Rattenbach gespannt.

Der Koloss ließ seine gewaltigen Kiefer mahlen, schob den Lachs hin und her, schmatzte, schnüffelte, als verkoste er einen Wein, schluckte und rülpste zufrieden. Rattenbach hatte sich nach vorne gebeugt. Koslowski genoss es, seinen Kollegen warten zu lassen. Rattenbach litt, er ballte die Fäuste, fletschte die Zähne. Der Koloss ließ Gnade walten.

„Giovanni. Das ist Lachs à la Giovanni. Er muss hier gewesen sein."

Zufrieden nickte Rattenbach. „Ich habe es gewusst. Er war Mitglied. In der Organisation. Wie unser einbackiger Freund Friedrich hier." Rattenbach tätschelte Friedrich den Kopf.

„War Friedrich nicht Buchhalter bei Giovanni? Das war eine Hinrichtung. Davon können wir ausgehen. Sieh dir die Würgemale an."

Koslowski steckte sich schnell noch ein Stück Pizza in den Mund, die Tomatensoße hatte eine seltsame Farbe, aber das störte den Gourmet nicht. Blutwurst war schon immer seine Lieblingsspeise gewesen.

Rattenbach dozierte.

„Der Mittelfinger der rechten Hand fehlt. Der kleine Finger der linken ebenso. Ergo?"

„Ein alter Bekannter. Hansfred Beierle, Profikiller aus Bliesmengenbolchen. Übler Bursche. Skrupellos", sabberte Koslowski mit vollem Mund.

„Und teuer", ergänzte sein Kollege. „Sehr teuer. Der Spaß hier hat mindestens fünfzigtausend Euro gekostet."

„Aber Friedrich ist tot. Sehr tot. Gelungen."

„Er ist einen schönen Tod gestorben", stellte Koslowski fest. „Siehst du, er war mitten im Essen." Mit seiner Gabel fischte der Dicke ein Stück Pizza aus Friedrichs Hals.

„Schau dir das an." Koslowski wedelte mit der Gabel vor Rattenbachs Gesicht herum. „Alter Gierschlund. Ein Achtel Pizza am Stück. Nicht einmal gekaut."

„So kennen wir ihn, den guten alten Friedrich. Als würde es morgen nichts mehr geben."

„Recht hat er gehabt. Er wird morgen nichts mehr kriegen."

„Außer einer 1A-Obduktion und einem 4A-Begräbnis."

„Zurück zur Sache", bellte Koslowski. „Warum erledigt die Organisation ihren Buchhalter?"

„Gute Frage."

„Die beste."

„Die einzige."

„Die wesentliche."

„Die unumgängliche."

„Und?", fragte der Koloss, der den Rucola-Salat entdeckt hatte. Ciabatta war auch noch da, er riss ein Stück ab, stippte in die Salatsoße und schlürfte das aufgeweichte Brot seinen Schlund hinunter. „Er ist höchstens zwei Stunden tot. Die Kruste ist noch richtig kross, und das Saugvermögen außerordentlich hoch."

Rattenbach griff den Rest des Ciabattas, hielt es an sein Ohr, brach ein Stück ab und lauschte. Dann hielt er sich die Bruchstelle vor die Augen und fuhr mit dem Zeigefinger über die gezackte Kante. „Neunzig Minuten maximal. Frisch, sehr frisch."

„Ein Meilenstein der Kriminalistik. So bedeutend wie die Daktyloskopie." Koslowski lehnte sich ein wenig nach vorne, schaute an Rattenbach vorbei, räusperte sich und sagte im Flüsterton: „Für die ungebildeten Leser: Das mit den Fingerabdrücken, das ist Daktyloskopie."

Rattenbach nickte bedächtig. „Die Krosse-Kante-Methode."

„Ohne meine Selbstversuche wären wir nie auf diese Methode der Todeszeitpunktbestimmung gekommen", sagte Koslowski. „Und ohne deinen messerscharfen analytischen Verstand auch nicht. Wir haben die Kriminaltechnik revolutioniert."

„Du hast dich wirklich aufgeopfert. Woche für Woche hast du Ciabattas in dich reingestopft, in der einen Hand die Stoppuhr, in der anderen Mineralwasser zum Löschen."

„Ohne dein Computerprogramm wären wir nie auf die Zusammenhänge gekommen."

Rattenbach nickte und machte ein Glas Rotwein leer. „Barolo, 1993, gut. Sehr gut. Wir sind die Besten."

Koslowski lächelte wie Mona Lisa. „Und?"

„Der Wein ist zu warm."

Der Koloss nickte. „Ohne Frage. Er muss zu warm sein. Und jetzt?"

Rattenbach kratzte seine magere Hand. Dann stutzte er. Hielt sich einen Zeigefinger vor den Mund. Koslowski verstand, hörte auf zu atmen, stellte seine

Verdauungsgeräusche ein und lauschte. Ohne den geringsten Laut schlich Rattenbach wie eine Katze zum Wandschrank, pulte seine 45er aus dem Halfter, lud durch, riss die Tür auf, legte an und lächelte. Die 45er landete wieder im Holster, Rattenbach stemmte die Arme in die Seite, schüttelte den Kopf und sagte: „Hallo Giovanni. Deine Suite ist ein bisschen klein geraten, nicht wahr."

Koslowskis Lachen dröhnte durch den Raum und übertönte die erstickten Schreie des Gefesselten. Der Knebel saß stramm, aber Giovanni spuckte mit seinen Augen Gift und Galle.

„Nimm den Knebel raus, Rattenbach, ich will hören, was er zu sagen hat, er ist schließlich einer von den Spaghettis, die Deutsch können."

Kaum war Giovannis Mundwerk frei, als er auch schon loslegte. „Ihr verfluchten Mistkratzer, wollt ihr mich hier verrotten lassen? Ihr seid doch Bullen. Also los, macht mal was für euer Geld. Ihr armseligen Pisser, ihr feigen Säcke, macht mich los, oder ihr könnt was erleben."

Wieder lachte der Dicke dröhnend. „Hey Giovanni, da siehst du mal wieder, dass man die richtigen Leute auf der Gehaltsliste haben muss. Du hast uns gar nichts zu sagen. Sag mal Rattenbach, die Götter sind uns gewogen, nicht wahr?"

„Das kannst du laut sagen, mein Freund. Jetzt wissen wir, wer Friedrich erledigt hat." Rattenbach ließ Giovanni nicht aus den Augen. Der erbleichte und brüllte los. „Korrupte Säcke, das könnt ihr nicht machen, ich mache euch fertig, meine Leute machen euch fertig …" Bevor Giovanni mit allen Höllenqualen dieser Erde drohen konnte, stopfte ihm Rattenbach wieder das Maul. „Verhandlungen gescheitert", flüsterte er ihm ins Ohr und Giovannis Augen traten aus ihren Höhlen. Mit einem Ruck zerrte Rattenbach den schmächtigen Italiener aus dem Schrank. „Was meinst du, Koslowski, Grill oder Pfanne?"

Rattenbachs Kollege musterte seine Fingernägel. „Hast du den Dampfgarer gesehen? Also, ich sehe die Sache so: Giovanni erledigt Friedrich, weil der bei der Konkurrenz plaudern wollte. Die Konkurrenz erledigt Giovanni, weil die Gelegenheit gerade günstig und der Dampfgarer nagelneu ist."

„Und die Würgemale? Jeder kennt diese Würgemale." Rattenbach musterte Giovanni und dachte, dass es immer dasselbe sei. Das größte Maul kriegt den fettesten Happen.

Koslowski überlegte kurz. „Oh ja, da hast du allerdings recht. Sekunde." Der Koloss quetschte Friedrichs Hals, ließ ab, begutachtete sein Werk und nickte zufrieden. „Alles klar Rattenbach, da kommt keiner drauf."

Giovannis Augen versprühten jetzt Panik, verzweifelt versuchte er sich frei zu machen, aber Rattenbach hieb ihm die Faust in den Magen. Giovanni klappte zusammen und krümmte sich auf dem Boden.

„Mit oder ohne Petersilie?", fragte Rattenbach.

Koslowski grunzte, wuchtete sich von seinem Hocker hoch und ging zielstrebig auf das Kräuterregal zu. „Wir nehmen Thai-Basilikum. Alle werden denken, die Schlitzaugen hätten Giovanni landestypisch zubereitet."

„Was glaubst du? Wie viel bringt uns Giovanni?"

Der Koloss von Saarbrücken stellte die Temperatur am Dampfgarer auf 280 Grad. „Wie üblich. Dreißigtausend."

Rattenbach verpasste Giovanni einen Kinnhaken und stopfte den Bewusstlosen in den Dampfgarer. „Ich habe heute meinen sozialen Tag", sagte er mit einem Achselzucken, als Koslowski die Augenbrauen hob.

Koslowski drehte den Dampf auf, beide hielten den zappelnden Mafiaboss fest, nach drei Minuten war die Sache erledigt. Zufrieden begutachteten die beiden den Tatort, der nach Thai-Basilikum und gekochtem Fleisch roch. Rattenbach schmunzelte. „Es geht doch nichts über eine gute Ausbildung, nicht wahr?"

Der Koloss nickte bestätigend. „Wie viel fehlt uns denn noch?"

Sein Kollege rechnete kurz. „Hundertfünfzigtausend. Pro Nase. Dann können wir uns zur Ruhe setzen. Give me five!" Rattenbach schlug ein, dann zückte er sein Handy und bestellte die Spurensicherung.

Herbert Knorr

Ich habe sie doch geliebt!

Nein, Frau Richterin, es war kein Mord. Gerti ist nach der im Institut üblichen Teambesprechung am Dienstagnachmittag ziemlich geschafft nach Hause gekommen. Ich habe Jonas-Martin aufgefordert, leise zu sein, die Mama brauche ihre Ruhe. Tina-Maria habe ich fertig gemacht und ins Bett gelegt.

So gegen halb sieben muss es gewesen sein, dass Gerti ausgeschlafen hatte. Ich habe gerade den Flur geputzt. Jonas-Martin guckte ‚Sesamstraße'. Gerti hat ein paar unverständliche Brocken in den Flur gerufen, von wegen Scheißkinderprogramm und so. Und dann hat sie ihre Turnschuhe gesucht.

Ich kannte Gertis Wutanfälle. Doch als Gerti wütend aus dem Schlafzimmer schrie, was das hier überhaupt für ein Saftladen sei, wo man nichts, aber auch gar nichts finde – da ist mir schon ein bisschen der Kragen geplatzt. Wenn du willst, habe ich ins Schlafzimmer gerufen, kannst du gerne statt meiner den Hausmann spielen. Wenn schon, dann bitte die Hausfrau, hat Gerti zurückgerufen.

Da habe ich Gertis Turnschuhe hervorgeholt und sie ihr vor die Füße geworfen: ein bisschen Ordnung müsse schließlich sein, nur Schlampen würden ihre Sachen durch die Gegend schmeißen. Ich heulte, Gerti knallte die Tür.

Sie war zu ihrem Volleyballabend aufgebrochen. Sie hatte jeden Abend was anderes vor. Ich ging einmal im Monat in den Bastelnachmittag vom Kindergarten.

Als Gerti fort war, habe ich gebügelt. Unzählige Gedanken schwirrten mir dabei durch den Kopf: Sollte ich vielleicht doch einmal arbeiten gehen, mich ausprobieren, neue Erfahrungen sammeln …? Ich liebe meine Kinder, aber habe ich sechs Jahre studiert, um Blumenkohleintöpfe mit Sesamsamen zu garnieren? Ich als Mann, wissen Sie. Nirgends war Platz für mein Mannsein, meine männliche Kreativität, meine maskuline Sensibilität.

Gerti ist irgendwann nach Mitternacht nach Hause gekommen. Als sie unter die Decke kroch, roch ich ihre Fahne. Um meine Chance nicht zu verpassen, habe ich dann ganz schnell all meinen Mut zusammengenommen und sie darum gebeten, wieder arbeiten gehen zu können. Erst hat sie mich angeguckt, dann hat sie mich wie wild abgeküsst. Sie fände das ja toll, aber ob ich an die Kinder gedacht hätte? Vielleicht sollten wir morgen mal drüber reden, mal wieder richtig vernünftig reden. Aber heute Nacht?

Dann musste ich mit ihr schlafen. Sie war nicht zufrieden mit mir.

Danach ist sie in die Küche gegangen. Verdammt noch mal, hat sie geschrien, wo denn schon wieder der Pfeffer sei, was das denn für ein Sauhaushalt sei, und da wolle dieser impotente Ordnungsfetischist eine

Stelle annehmen, wo er doch noch nicht einmal mit dem Haushalt fertig werde.

Ja, da habe ich wohl den erstbesten Gegenstand ergriffen und zugeschlagen, immer wieder, ich habe mich einfach vergessen. Nein, geplant ist das nicht gewesen, wirklich nicht, ich habe sie doch geliebt.

H. P. Karr

Späte Gäste sterben früher

Ich hatte mir gerade einen Kamillentee gemacht, als es an der Tür klingelte.

„Ich würde mich gern noch einmal mit Ihnen unterhalten", sagte der Kommissar.

Ich machte eine Handbewegung. „Sie kennen sich ja mittlerweile hier aus."

Im Wohnzimmer waren Schwitzkes Umrisse noch mit Kreidestrichen auf den Teppich gezeichnet. Der Kommissar ging um die Zeichnung herum und blieb am Fenster stehen, um über das Tal zu schauen. In der Ferne leuchtete Koblenz. Das Licht der untergehenden Sonne staute sich über dem Fluss.

„Ihrer Frau geht es gut, Herr Bregentzer?", fragte der Kommissar.

„Sie ist bei Freunden", erwiderte ich.

„Sie ist es sicher nicht gewohnt, jemanden sterben zu sehen", nickte der Kommissar.

Ich holte die Teekanne und zwei Becher aus der Küche. „Tee?"

„Normalerweise genehmige ich mir nach einem abgeschlossenen Fall immer einen guten Wein", sagte der Kommissar. „Aber unter diesen Umständen …" Er nahm einen Schluck und verzog das Gesicht.

„Es ging alles ziemlich schnell", sagte ich. „Schwitzke brach sofort zusammen, nachdem er von dem Wein getrunken hatte. Er hat sich noch ein wenig am Boden gekrümmt, bevor er starb."

„Der Wein, ja." Der Kommissar stellte seinen Becher auf den Glastisch. „Ein 98er Amberg-Schwaechlicher, Erzeugerabfüllung, nicht wahr?"

Ich nickte.

„Die Jungs vom Labor haben den Rest aus der Flasche inzwischen untersucht. Es war Reinigungsflüssigkeit. Sie benutzen sie in den Weingütern zum Desinfizieren der Flaschen. Ein Acetonderivat. Unter dem Namen *Aqua-Fix* wird es in jedem Zoogeschäft als Aquariumsreiniger verkauft."

Ich sagte nichts.

„Ein Glück, dass Sie nichts von dem Wein getrunken haben", meinte der Kommissar dann.

„Ich trinke nie", sagte ich. „Meine Frau kauft nur hin und wieder ein paar Flaschen. Falls Freunde zu Besuch kommen."

Er nickte. „Im Grunde genommen ist der Fall abgeschlossen", sagte er. „Ich meine, Schwitzke wird niemandem mehr etwas tun. Eigentlich hätte es nicht besser kommen können."

„Er war wegen Mordes im Gefängnis?", fragte ich.

„Doppelmord. Er hat seine Frau und seine Tochter erschlagen, weil kein Bier im Kühlschrank war. Aggressive Grundtendenz. Schwere psychotische Schübe."

„Wie geht es dem Gefängniswärter, den er bei seinem Ausbruch niedergeschlagen hat?", fragte ich.

„Den Umständen entsprechend", sagte der Kommissar. „Wir haben so etwas befürchtet, als wir die Meldung von Schwitzkes Ausbruch bekamen. Ich meine, dass er irgendwo eindringen würde und ..."

„Er hat die Terrassentür eingedrückt", sagte ich. „Als wir vom Einkaufen kamen, stand er hinter der Wohnzimmertür. Er hat meiner Frau sofort ein Messer an den Hals gesetzt."

Er nickte, aber er machte nicht den Eindruck, als höre er zu. „Wie lange hat er Sie in seiner Gewalt gehabt?"

„Fünf Stunden. Zuerst hat er meine Frau und mich an die Küchenstühle gefesselt. Dann hat er sich die ‚Versteckte Kamera' im Fernsehen angesehen. Dabei hat er Hunger bekommen und meine Frau losgebunden, damit sie ihm ein paar Brote machen konnte."

„Und zu den Broten hat er dann den Wein getrunken?" Der Kommissar drehte seinen Becher mit dem Kamillentee in den Händen.

Ich nickte. „Er nahm die Flasche aus dem Schrank und machte sie auf. Es war eine neue Flasche, meine Frau hatte sie erst gestern bei ihrem Winzer gekauft. Schwitzke nahm einen Schluck, und dann brach er auch schon zusammen und ..."

„Eigentlich ein glücklicher Zufall", meinte der Kommissar. „Ich meine, dass Schwitzke aus der Flasche getrunken hat. Sie hätten ebenso gut einem Ihrer Freunde etwas davon anbieten können."

„Ja", sagte ich.

„Oder Ihre Frau hätte daraus trinken können."

Ich nickte. Susanne brauchte alle drei Tage ein Kistchen Riesling.

„Es sieht ganz so aus, als sei das Desinfektionsmittel durch einen dummen Zufall in der Abfüllanlage des Winzers in die Flasche geraten", fuhr der Kommissar fort. „Wir haben natürlich sofort bei dem Weingut angerufen. Der Winzer heißt tatsächlich Schwaechlicher – er sagt allerdings, das sei völlig unmöglich."

„Der Vorfall hat das Gegenteil bewiesen", sagte ich. „Oder wollen Sie das bestreiten?"

„Der Winzer sagt, wenn – was natürlich nach seiner Meinung völlig ausgeschlossen ist – eine Charge Flaschen nach der Desinfektion nicht ausreichend gereinigt wurde, dann wäre der Inhalt der ganzen Charge vergiftet. Eine Charge enthält fünfzig Flaschen, das macht insgesamt zehn Kisten. Verstehen Sie, was ich meine?"

„Ich kann es mir ausmalen."

„Nun sagt der Winzer, dass ein so großer Posten verdorbenen Weines niemals die strengen Qualitätskontrollen seines Weinguts unbemerkt hätte passieren können."

„Und doch ist es wohl so gewesen", meinte ich.

„Wie groß ist die Chance, dass in einer Tagesproduktion von tausend Litern Wein ein einziger Liter vergiftet ist?" Der Kommissar sah mich lange an. „Sie sind Mathematiker, Herr Bregentzer. Sagen Sie es mir."

„Eins zu zehn Millionen", sagte ich.

Er nickte. „Wir sind also der Einfachheit halber einmal davon ausgegangen, dass eine ganze Charge Wein vergiftet war und haben anhand der Chargennummer den Rest der Produktion aufgestöbert, die der Winzer an dem betreffenden Tag abgefüllt hat", sagte er. „Können Sie sich denken, was wir gefunden haben?"

Ich zuckte mit den Schultern.

„Genau", sagte er. „Nichts. Alle anderen Flaschen waren einwandfrei. Sie können sich denken, dass die Jungs im Polizeilabor heute Nacht eine Riesenparty feiern, denn schließlich mussten sie alle Flaschen zur Analyse öffnen."

Er machte eine Pause. Ich nahm einen Schluck Kamillentee. Er schmeckte auf einmal ziemlich bitter.

„Seltsam, dass Ihre Frau nicht hiergeblieben ist", sagte er dann. „Man sollte doch annehmen, dass eine Ehefrau bei ihrem Mann Beistand und Hilfe sucht, nachdem ein Gewaltverbrecher sie als Geisel genommen hat, sie bedroht hat und schließlich vor ihren Augen gestorben ist."

„Eine gewöhnliche Frau würde sicher so reagieren", meinte ich.

„Und Ihre Frau ist eine ungewöhnliche Frau, wollen Sie das damit sagen?"

Ich schwieg.

„Sie sind ein viel beschäftigter Mathematikprofessor, Herr Bregentzer", fuhr er dann fort. „Vortragsreisen, Lehrveranstaltungen, Konferenzen …"

„Ich habe keine richtige Professur", erwiderte ich. „Nur einen Lehrauftrag."

Er nickte beiläufig. „Die Nachbarn sagen, manchmal hätten sie gehört, wie Sie und Ihre Frau sich gestritten hätten."

„Klatsch", sagte ich. „Sicher nicht das, was bei Ihnen als ‚gesicherte Erkenntnis' aufgenommen wird."

„Als wir beim Winzer die restlichen Weinflaschen beschlagnahmten, sagte uns der Mann, dass Ihre Frau regelmäßig jede Woche so zwei bis drei Kistchen Wein gekauft hat."

„Sie trinkt hin und wieder einen Schluck", sagte ich.

„Und Sie trinken nie, nicht wahr?"

„Nie. Hören Sie, Kommissar, in jeder Ehe gibt es Krisen. Zeiten, in denen man sich nicht so gut versteht."

Er nickte. „Ich dachte mir so etwas, als ich von dem Liebhaber erfuhr." Er sah mich an. „Sie wissen, dass Ihre Frau einen Liebhaber hat?"

„Wir … haben ein Arrangement", sagte ich. „Jeder tut das, was er für richtig hält. Meine Frau besucht regelmäßig ihre Volkshochschulkurse in Psychologie, sie geht in eine Selbsterfahrungsgruppe und engagiert sich bei …"

„Keine Eifersucht?", fragte er. „Wegen des Liebhabers, meine ich."

„Kaum."

„Sie sagten, sie sei jetzt bei Freunden. Ich nehme eher an, dass sie bei ihrem Liebhaber ist."

„Sicher", sagte ich.
„Denken Sie an Scheidung?"
„Weniger."
Er nickte wieder. „Was verdient ein berühmter Mathematikprofessor ... pardon – Lehrbeauftragter – wie Sie an so einer berühmten, aber doch recht kleinen Universität wie der unseren?"
„Zu wenig", sagte ich. „Meine Frau hat ein kleines Vermögen."
„Von dem Sie im Fall einer Scheidung nicht mehr profitieren könnten, nicht wahr?" Er schaute an mir vorbei auf den Picasso an der Wand. Ich glaubte auf einmal, er könne durch das Bild hindurch in den Wandsafe sehen, der dahinter lag. Wo ich die Flasche mit dem *Aqua-Fix* deponiert hatte und die Injektionsspritze, mit der ich zehn Kubik davon durch den Korken in den Riesling gespritzt hatte.
„Es wäre schade, wenn Ihrer Frau in der nächsten Zeit etwas zustieße", sagte der Kommissar. „Verstehen Sie mich, Herr Bregentzer?"
Ich nickte.
Der Kommissar stand auf. „Ich sehe Susanne einmal pro Woche in dem Psychologiekurs, den ich nebenbei an der Volkshochschule gebe", sagte er und ging zur Tür. Dort drehte er sich noch einmal um. „Sie ist wirklich eine sehr ungewöhnliche Frau", sagte er. „Es wird wohl noch einige Tage dauern, bis sie wieder nach Hause kommt. Soll ich ihr was von Ihnen ausrichten?"

Anne Chaplet

Stöhnen verboten
Eine Kriminalgroteske

Karen Stark atmete aus, hielt kurz inne und setzte dann den Gewichtsstock behutsam ab. Die B6, eine klassische Beinpresse, war eine ihrer Lieblingsmaschinen. Befriedigt spürte sie dem Vibrieren in biceps und quadriceps femoris nach, öffnete den Sitzgurt, trocknete sich mit dem Handtuch Nacken und Stirn ab und wischte aus alter Gewohnheit einmal über Sitz und Lehne der Kraftmaschine. Auch für die Gesäßmuskulatur war die B6 ideal – wenn man keinen schlaffen Beamtenhintern kriegen wollte wie so viele ihrer Kollegen bei der Frankfurter Staatsanwaltschaft. Karen streckte sich und spürte, wie die Wärme der durchbluteten Muskeln den ganzen Körper erreichte.

Sie lächelte der Frau entschuldigend zu, die mißbilligend zu ihr hinübergeguckt hatte. Die Frau in den blauen Leggings war klein, schmal, dunkelhaarig und sicher weit über sechzig Jahre alt. „Ich hasse Stöhner", sagte die Dame, aber sie lächelte glücklicherweise zurück. Karen hatte gegen das ungeschriebene Gesetz verstoßen, das Geräuschlosigkeit beim Training verordnete. „Wer stöhnt, trainiert falsch", pflegte Manuela Wilms zu sagen, die das Studio leitete. Auch enge Hosen und Muskelshirts sah sie nicht gern – ebensowenig teure Turnschuhe oder Fahrradhandschuhe, auf die Karen nicht verzichten wollte, aus alter Gewohnheit. Nach Manuelas Meinung brauchte man gar nichts besonderes zum Krafttraining – nur heiligen Ernst und ein Handtuch.

Karen sah das ähnlich. Alles Unnötige war verzichtbar. Und Stöhner waren die Pest. Männer in kurzen Hosen auch. Und all die, die mit schmerzverzerrtem Gesicht demonstrierten, wie hart sie arbeiteten.

Die ältere Dame legte, wie Karen neugierig feststellte, ganz ordentlich was auf. Das gefiel ihr. Die Zeiten schienen endlich vorbei zu sein, in denen man Krafttraining für verdächtig, gefährlich oder unnatürlich hielt, eine Meinung, mit der Karen Stark seit Jahren vertraut war. Die meisten ihrer Bekannten glaubten, das sei was für Zuhälter, die ihre durch Nichtstun lädierte Kondition aufpolieren wollten. Bullen stemmten Gewichte – und die meisten Gefängnisinsassen passenderweise auch. Machos taten es, schwachsinnige Bodybuilder. Die Mafia. Aber eine Staatsanwältin?

Oberstaatsanwältin Stark sagte dazu nur noch selten etwas. Höchstens, daß Menschen mit gut ausgebildeten Muskeln mit ebenso großer Wahrscheinlichkeit kriminell oder blöde sind wie Blondinen dumm. Im Grunde war Karen die Antwort egal. Wenn sie nicht regelmäßig trainierte, kriegte sie schlechte Laune.

Und die konnte sie nicht brauchen. Das Leben war kurz genug.

Sie ging hinüber zum Pullover, zur C1. Gute Trainingsmaschinen basierten auf den Prinzipien, nach denen sich gute polizeiliche Ermittlungsarbeit organisierte: zum Erfolg führten der kürzeste Weg und die einfachste Lösung und was man dafür brauchte, waren Gleichmäßigkeit, Genauigkeit und Stetigkeit; keine Hast und keine unnötige Energieverschwendung. Also: geduldig dicke Brocken stemmen und zwar solange, bis wirklich nichts mehr ging. Und niemals dabei die Geduld verlieren oder dem Kerl eine langen – etwa so einem wie Horst Maurer, dem Hauptangeklagten im jüngsten Frankfurter Bestechungsskandal, bei dessen Anblick es ihr in den Fingern juckte.

Sie lächelte beim Gedanken an die Beweislage gegen Maurer triumphierend in sich hinein, während sie die Unterarme auf die Armpolster legte und die Arme vom Gewicht nach oben und hinter den Kopf ziehen ließ. Dann drückte sie das Gewicht mit den Oberarmen langsam wieder nach unten.

Hinter sich hörte sie Gelächter. Im Gang zwischen der F2 und F3 redeten zwei Frauen aufeinander ein. Auch das gehört verboten, dachte Karen. Es stört die Andacht, mit der man seinen Muskeln beim Singen zuhört – ein Sound, schöner noch als jedes Geständnis.

Endlich war es ruhig. Um diese Zeit war selten viel los im Kieser-Studio. Karen ließ sich auf den Sitz der H1 fallen und zog die Handgriffe zu sich hin. Wenn ein Muskel wachsen soll, muß man ihn ermüden. Auch das eine Parallele zur Ermittlungsarbeit: Sie hatte vor, Horst Maurer, bis vor kurzem Manager eines Frankfurter Spitzenhotels, solange zu ermüden, bis er über sich hinauswuchs und die Tatsache endlich gestand, daß er von einem mittleren Reinigungsunternehmen, das auf jeden Auftrag angewiesen war, Schmiergelder für das Versprechen kassiert hatte, ihnen die Hotelreinigung zu übertragen.

Sie setzte das Gewicht behutsam ab, als es hinter ihr laut stöhnte. Dann krachten mehrere Kilo Eisenplatten zurück in den Gewichtsstock. Sie schnellte hoch. „Soll ich den Arzt holen oder ist Ihnen nicht mehr zu helfen?"

Ihre Stimme klang laut und hart in der ehemaligen Fabrikhalle. Männer, verdammt. Alles Machos. Und plötzlich sehnte sie sich nach Couch-Potatoes wie Günther, dessen einzige Körperertüchtigung im abendlichen Heben des Rotweinglases bestand.

Sie ging hinüber zur F1, in die Ecke, aus der das Geräusch gekommen war. Wenn Manuela Wilms schon nichts sagte – sie würde sich ja wohl mal beschweren dürfen. Der Mann saß zusammengesunken in den mit schwarzem Kunstleder bezogenen Polstern der Maschine, mit der man die schräge Bauchmuskulatur trainierte, hatte die Augen halb geschlossen und rührte sich auch nicht, als sie direkt vor ihm stand. Karen Stark atmete tief ein und wieder aus. Sie hörte ein Geräusch hinter sich, drehte sich blitzschnell um. Aber da war nichts und niemand. Sie war allein mit einem Mann, der allem Anschein nach tot war, jedenfalls spürte sie keinen Puls und die Augenbälle unter den Lidern sahen stumpf aus.

Herzinfarkt oder Schlaganfall. Mitten im Leben. Mitten in der Bewegung. Kein schlechter Abgang, wenn man davon absah, daß der Mann deutlich jünger als vierzig Jahre wirkte. Karen biß sich auf die Unterlippe. War der Mann wirklich allein gewesen hier unten? Und … Sie trat näher an die Leiche heran. Zuviel Gewicht konnte nicht schuld sein am frühen Herztod oder ähnlichem. Der Mann hatte völlig normal trainiert. Sie ließ den Blick von den Armen des Mannes, die von den Ellbogenrollen herabgesunken waren, nach oben wandern. Es war nichts Ungewöhnliches zu erkennen.

Sie ging nach oben und ließ Manuela Wilms die Polizei anrufen. Der Mann, der an der Rezeption darauf wartete, daß man ihm den Spindschlüssel gegen den Mitgliedsausweis tauschte, schaute neugierig zu ihr herüber.

„Wo haben Sie zuletzt trainiert?", fragte Karen den Mann. „Oben oder unten?"

„Oben. Die F1 habe ich heute ausgelassen."

Die F1. Wieso erwähnte er ausgerechnet diese Maschine? Hatte sie womöglich nicht das Stöhnen eines Sterbenden gehört, vorhin, sondern das Stöhnen – seines Mörders? Sie sah dem Mann nach, wie er durch die Drehtür verschwand, durch die soeben der Notarzt hereingekommen war.

Jetzt stand die ältere Dame von vorhin am Tresen

und ließ sich ihren Mitgliedsausweis geben. Sie nickte Karen zu, bevor sie ging

„Sie hat sich immer mit ihm gezankt", sagte Manuela Wilms in verschwörerischem Ton. Ihr Kopf bewegte sich zur Treppe, über die gerade der Notarzt ins untere Geschoß verschwunden war. „Schon seit Jahren."

Die besten Lösungen sind die einfachen. ‚Ich hasse Stöhner.' Karen hatte die Stimme der Frau im Ohr.

Sie ließ sich von Manuela Wilms die Trainingskarten der Dame geben – und die des Toten sowie des Mannes, der offenbar wußte, in welcher Maschine der Tote gestorben war. Die Übereinstimmung fiel sofort ins Auge. Der tote Jan Verschuer und Ursula Obermaier hatten fast immer am gleichen Tag trainiert.

Sie dachte einen Augenblick nach. Dann ging sie hinunter zur Leiche.

„Wie sind Sie nur darauf gekommen?" fragte der Arzt, nachdem er den Hals des Toten untersucht hatte. „Beidseitige Kompression der Carotiden. Das muß verdammt schnell gegangen sein."

Ganz einfach. Ursula Obermaier haßte Stöhner, hatte Power. Und – „Sie war mal Ärztin", hatte Manuela Wilms ihr zugeflüstert.

Ursula Obermaier war die erste Mörderin, für die Karen Stark für ein paar Sekunden Verständnis hatte.

Gunter Gerlach

On the road: von Lippstadt nach Unna

1

Wir lassen Lippstadt hinter uns und fahren die Straße an der Lippe entlang. Der Raps blüht.

„Raps stinkt", sagt Schröder. Er sitzt am Steuer, presst Luft zwischen den Lippen heraus und gibt Gas.

„Langsam", sagt Stoiber. „Fahr langsamer." Er stößt mit dem Ellbogen nach Schröder. „Wir sind Touristen und gucken uns die Gegend an."

„Ich bin der Fahrer", brummt Schröder.

Ich sitze hinten und heiße Westerwelle. Wir haben uns die Namen von Politikern gegeben.

„Wie viel ist es?" Schröder beobachtet mich über den Rückspiegel.

„Zu wenig." Ich hole die Scheine aus der Plastiktüte, ordne sie auf der Rückbank. Eine Bodenwelle.

„Fahr langsamer, sonst fliegt mir hier alles durcheinander."

Ich klemme die Geldstapel in der Ritze der Rückbank fest. Stoiber dreht sich um, sieht mir zu.

„Keine Angst", sage ich, „für eine Tankfüllung wird es reichen."

2

„Da wäre noch was." Schröder gräbt in seiner Jackentasche. „Hier." Er hält einen Zettel zwischen zwei Fingern. Stoiber nimmt ihm das Papier aus der Hand. „Ein Strafzettel."

„Ja, ein Strafzettel."

„Was willst du damit sagen?"

Schröder nimmt einen Augenblick die Hände vom Steuer, hebt sie hoch. „Na, ja, ihr wart gerade weg."

„Du standst im Parkverbot. Da kriegt man keinen Zettel, wenn man hinterm Steuer sitzen bleibt."

„Ich dachte, die müssen mich nicht unbedingt sehen."

„Wer? Was war los?" Stoiber kommt aus dem Sitz hoch. Er packt Schröder an der Schulter, rüttelt ihn.

„Da ging so eine Polizistin die Straße lang. Ich dachte, ich mache mich dünn."

„Das meinst du nicht wirklich." Stoiber spricht ganz langsam und kriegt dabei die Zähne nicht auseinander.

„Wartet, wartet." Ich will die beiden beruhigen. „Man kriegt keinen Zettel, beim ersten Mal."

Schröder hebt den Kopf und lässt wieder das Lenkrad los. „Das versuche ich euch doch die ganze Zeit zu sagen: Sie kam zweimal vorbei. Ihr habt einfach zu lange gebraucht. In der Bank."

3

Wir schweigen. Stoiber hat mindestens sechsmal gesagt, dass er nur von Arschlöchern umgeben ist. Wir müssen den Wagen loswerden. Ich sehe aus dem Fenster, die Soester Börde, links geht's über die Schleuse nach Benninghausen.

„Wir müssen den Wagen loswerden", sagt Stoiber.

„Fahr die nächste rechts rein", sage ich. „Ich bin hier in der Nähe aufgewachsen."

„Das fehlt uns noch, dass du deine Mutter besuchen willst." Stoiber kratzt sich die Stirn. Ein Pickel reißt auf, blutet.

Schröder presst die Lippen zusammen und sieht mich im Rückspiegel an.

„Fahr einfach."

Auf einem Weg hinter einem kleinen Wäldchen lasse ich ihn anhalten. „Wir müssen nachdenken."

Alles ist ruhig. Das Blech des Autos knackt. Stoiber schmiert Spucke auf seinen Pickel. Schröder zuckt mit der Oberlippe wie ein Kaninchen. Ich zähle das Geld, lege Schein auf Schein.

Stoiber räuspert sich lange, dann kommt er hoch. „Was jetzt?" schreit er. Eine Ader an seinem Hals wirft Schatten.

„Lass mich nachdenken", sage ich. „Das kann ich am besten beim Geldzählen."

Stoiber betastet seine Stirn, betrachtet seine Finger mit dem Blutfleck. „Ich blute. Auch das noch."

„Ich kenne hier eine Menge Leute", sage ich.

Schröder umklammert das Steuerrad, starrt geradeaus, als wäre er noch auf der Landstraße. „Schön hier", sagt er wie narkotisiert.

Ich packe die Scheine zurück in die Tüte. „Zweiundvierzigtausendvierhundertundzehn."

Keiner freut sich.

4

Alex hat keinen festen Wohnsitz mehr. Er steigt aus einem Campingwagen und kommt zu uns. Er trägt Cowboystiefel und eine Lederjacke mit Fransen. „Das sind Stoiber und Schröder", sage ich. Alex grinst, gibt ihnen die Hand.

„Hab mich ehrlich gefreut, von dir zu hören", sagt er. Wir stehen in Herzfeld auf einem Parkplatz an der Lippe. „Da ist der Wagen." Er zeigt auf einen glänzenden roten Opel mit Dachschienen, oben drauf zwei Fahrräder. Alles neu, als käme es direkt aus der Fabrik.

„Die Räder bleiben drauf. 24-Gänge-Shimano, Leichtmetallrahmen."

„Sag dem Cowboy, dass wir die Räder nicht wollen." Schröder geht um den Opel herum. „Die sind am Dachgepäckträger angeschlossen."

Alex grinst. „Habe leider den Schlüssel verloren."

„Was willst du für die Karre?"

„Kommt." Er führt uns in seinen Campingwagen. Wir quetschen uns auf eine Bank hinter einem Tisch. Es riecht nach Erbsensuppe.

„Zwanzig muss ich dafür haben", sagt Alex.

„Dann lass uns gehen", sagt Schröder.

„Die Räder gibt's gratis dazu. Ihr könnt eine Tour machen. Schönes flaches Land hier."

„Wir lassen dir unseren Wagen da", sage ich. „Das macht dann zehn."

„Den will ich nicht. Das kostet extra."

„Die Fahrräder müssen runter", sagt Stoiber.

„Bessere Tarnung gibt es nicht", sagt Alex.

„Mit denen kriegst du kein Tempo", sagt Schröder. „Die müssen runter."

„Mit den Rädern seid ihr Touristen." Alex breitet seine Hände aus. Die goldenen Ketten und Ringe an seinem Handgelenk klimpern.

„Scheiß auf Touristen", sagt Schröder.

„Die Räder nehmen wir nicht", sagt Stoiber.

Alex grinst. Er sagt, wir können es uns überlegen, er sei noch ein paar Tage in der Gegend.

„Scheiß auf die Räder", sagt Schröder. „damit fahre ich nicht."

Er geht raus, zerrt an den Fahrrädern. Ich zähle das Geld ab.

„Wenn ich den Schlüssel für die Räder finde, wohin soll ich den schicken?", fragt Alex.

„Kanzleramt, Berlin."

5

Schröder singt. Der neue Wagen riecht neu. Als kein anderes Auto zu sehen ist, macht Schröder einen Bremstest. Die Tüte mit Geld fällt runter.

„Hör auf", sagt Stoiber.

„Top", sagt Schröder. „Allerdings …" Er legt den Kopf schrägt, gibt Gas, bremst wieder.

„Hör auf", sagt Stoiber.

Schröder wiegt den Kopf. Er fährt ein paar Schlangenlinien.

„Hör auf", sagt Stoiber.

„Hör auf", sage ich. „Mir wird schlecht."

„Hört ihr das?", fragt Schröder.

Wir hören nichts. Schröder biegt nach Soest ab. Er fährt die Kurve sehr schnell. „Da, hört ihr das?"

Er hält an, fährt wieder los und biegt in einen Feldweg ein. Ein paar Krähen fliegen auf. „Könnten die Stoßdämpfer sein."

„Der Wagen hat keine Dreitausend runter. Was willst du?"

„Nachgucken." Schröder hält, steigt aus und tritt gegen die Reifen. Er stützt sich mit den Händen auf das Blech, bringt den Wagen zum Wippen. Stoiber gähnt.

„Scheiß Räder", sagt Schröder. Er langt durchs offene Fenster nach dem Zündschlüssel, zieht ihn heraus. Stoiber gähnt. „Fahr weiter", sagt er.

Schröder geht nach hinten, öffnet den Kofferraum. Er flucht laut, beruhigt sich nicht wieder, tritt gegen den Wagen, schreit, wir sollen kommen.

Wir steigen aus. Im Kofferraum liegt einer. Er hat ein Loch im Kopf.

„Scheiß Fahrräder", sagt Stoiber. „Damit hat er uns abgelenkt."

6

„Westerwelle hat wieder eine Idee", sagt Schröder.

Stoiber antwortet nicht, sondern steigt ein, lässt aber die Tür offen. Er fängt an, alles mit einem Taschentuch zu polieren, was er angefasst hat.

Schröder sagt: „Westerwelle meint, er kennt einen Schrotthändler in Soest, der würde den Wagen unbesehen ankaufen und uns einen anderen dafür geben."

Stoiber poliert das Armaturenbrett.

„Westerwelle meint, der nimmt geklaute Autos auseinander und verschachert sie als Ersatzteile", sagt Schröder.

„Meine Fingerabdrücke lass' ich hier nicht drin." Stoiber poliert die Türgriffe. Dann schlägt er die Tür zu.

Schröder sagt: „Westerwelle meint, der guckt nicht in den Kofferraum."

„Na los, fahr schon." Stoiber spuckt in sein Taschentuch, poliert die Kante des Handschuhfachs.

„Die Spucke", sage ich, „und dann der Gentest, so kriegen sie uns."

„Ach, wirklich", sagt Stoiber.

7

Um den Petrikirchplatz in Soest ist kein Durchkommen. Am Wochenende ist Bördetag, das Stadtfest anlässlich der Baumblüte. An jeder Ecke hängen Plakate. Von Bäumen ist nichts zu sehen. Wir müssen einen Umweg nehmen. Hätten wir gleich über die Autobahn fahren sollen.

Der Schrottplatz sieht fast noch aus wie früher. Er riecht auch noch so. Schmieröl, Gummi, Katzenpisse. Wir blockieren mit unserem roten Opel die Zufahrt und gehen zu Fuß durch die Schrottgasse. Es ist der Schrott von den Unfällen auf der A 44.

Michi sitzt auf einer Bank vor seinem Büro. Er erkennt mich sofort. Er kneift die Augen zusammen und betrachtet unseren Opel. „Geklaut?"

„Was gibst du uns?"

„Bleiben die Fahrräder drauf?"

„Ja."

„Fünfhundert."

„Wir brauchen einen neuen Wagen."

„Geht klar." Er steht auf. „Kommt." Geht in sein Büro. Alles voller Ölkanister, Maschinenteile, Werkzeuge. Ein Sofa mit aufgerissenem Bezug. „Setzt euch."

Die Tür wird aufgerissen. Einer von Michis Mechanikern. „Die Bullen sind vorgefahren."

Wir springen hoch zu dem verschmierten Fenster. Es kommt tatsächlich ein Bulle die Schrottgasse entlang.

„Wir müssen weg."

„Nehmt die Hintertür."

„Wir brauchen einen Wagen."

Michi winkt seinen Mechaniker hinaus. „Halt den Bullen auf."

Er öffnet eine Schublade und klappert mit einem Autoschlüssel vor unseren Augen. „Ist mein eigener schwarzer BMW. Steht hinten. Nehmt ihn mit. Zwanzigtausend."

Ich zähle das Geld ab.

8

„Klasse Wagen", sagt Schröder. „Ist sein Geld wert."
Am Rückspiegel baumelt ein Plastikbaum. Fichtennadel.

Schröder gibt Gas. „Autobahn?"

Stoiber schüttelt den Kopf. „Richtung Werl."

„Kenn ich!", sagt Schröder. „Da, wo der Knast ist."

Wir bleiben auf der B1. Ein abgestellter Anhänger wirbt in roten Riesenlettern für den nächsten Imbiss. „Wie wär's?", fragt Schröder.

Stoiber schüttelt den Kopf.

Kurz vor Werl gibt es einen dumpfen Knall.

„Was war das?"

Wir hinterlassen eine dunkelblaue Rauchwolke.

9

Schröder beugt sich über die geöffnete Motorhaube. Wir stehen auf einem Feldweg. „Guck dir das an", sagt er.

„Wie viel haben wir noch?", fragt Stoiber. Wir sind im Auto sitzen geblieben.

„Viertausendvierhundertundzehn." Ich halte ihm die Plastiktüte hin.

Er winkt ab.

Schröder lässt die Motorhaube fallen und steigt wieder ein. „Das musste passieren."

„Wieso?"
„War nur notdürftig geflickt."
„Können wir noch fahren?"
„Nur mit Rauchfahne."
„Fahr los", sagt Stoiber.
„Aber nicht durch Werl", werfe ich ein. „Bei dem Gestank, den wir machen, kassieren uns die Bullen sofort. Ich kenne einen Weg hintenrum über die Felder."

Schröder wendet, um wieder auf die B 1 zu kommen. Der Motor stottert, dicker blauer Qualm hüllt uns ein. Jemand hupt mehrmals. Ein schwarzer BMW versperrt uns den Weg. Michi steigt aus, fächelt mit der Hand den Qualm von seinem Gesicht.

„Ich lege ihn um", sagt Schröder und lässt die Seitenscheibe herab.

„Ihr habt den falschen Wagen genommen", brüllt Michi. „Zum Glück habe ich euch gleich gefunden."

„Wir haben extra Rauchzeichen gegeben", sagt Stoiber.

„Nehmt den." Michi zeigt mit dem Daumen auf seinen BMW hinter sich. „Tut mir leid."

Er geht voraus, öffnet für Schröder die Tür. „Tut mir wirklich leid. Ich habe mehrere von den Dingern. Die falschen Schlüssel gegriffen. Kommt mal vor. Ach, äh, noch was: Ich hab gerade voll getankt. War mein letztes Geld. Hundertzwanzig. Wenn ich vielleicht ..." Er hält die Hand auf.

Ich sehe Stoiber an. Stoiber sieht mich an.

„Guck dir das an", schreit Schröder. „Wahnsinn, der hat einen eingebauten Fernseher. Los, steigt ein."
Ich zähle das Geld für Michi ab.

10

Wir bleiben auf der B 1. Stoiber versucht den Fernseher einzuschalten. Es kommt kein Bild.

„Die Dinger gehen während der Fahrt nicht", sage ich. „Aus Sicherheitsgründen."

„Was weißt du denn."

Ich ziehe mich in meine Polster zurück und teile das Geld auf. Viertausendzweihundertundneunzig. Macht durch drei: Tausendvierhundertunddreißig für jeden.

Stoiber schiebt das dünne Bündel in die Hosentasche. „Scheißjob."

Schröder steckt es in die Innentasche seines Jacketts. „Was machen wir mit dem Wagen?"

„Verkaufen."

Mir fällt mein Onkel in Unna ein. „Hört mal, ich habe da einen Onkel in Unna … Fahr auf die 233."

„Wir haben keine Papiere für den Wagen", sagt Schröder.

„Und wir haben die Schnauze voll von deinen Ideen", sagt Stoiber.

Nach einer Weile sagt Schröder: „Was macht denn dein Onkel?"

„Der sammelt BMWs."

„Man könnte es doch probieren", sagt Schröder.

Stoiber hört auf, an dem Fernseher rumzufummeln.

„Ich nehme an, die gehen während der Fahrt nicht."
Wir kreisen auf dem Ring um die Altstadt von Unna.
„Verdammt, wo wohnt dein Onkel?"
„Da raus, rechts nach Königsborn."
Schröder folgt jetzt der 233 Richtung Kamen.
„Pass auf", rufe ich. Eine Katze huscht über die Straße. Schröder bremst scharf. Hinten rumpelt etwas im Wagen.

Vor einer Mühle ohne Flügel halten wir an und steigen aus. Die Katze ist in einem Vorgarten verschwunden. Schröder öffnet den Kofferraum und schließt ihn ganz schnell wieder. Stoiber sieht sich um, ob uns jemand aus den Häusern beobachtet. Wir wussten es schon, bevor wir den Kofferraum öffneten. Der Mann mit dem Loch im Kopf liegt darin.

11

„Jetzt bestimme ich", sagt Stoiber.
Wir sind einverstanden.
Wir fahren zurück nach Soest. Lange vor dem Schrottplatz parken wir. Hinter den Schrottbergen tauchen Krähen auf. Gülle überdeckt den Geruch von Altöl und Schmiere. Vorsichtig nähern wir uns dem Eingang. Stoiber geht voraus. Er duckt sich, winkt, wir sollen warten. Er schleicht sich auf das Gelände, dann kommt er zurück.
„Die sitzen da vor dem Büro und trinken Bier."
„Wer?"
„Dein Michi und dein Alex."

„Ehrlich? Beide zusammen?"
„Keine Sorge, die Polizei ist auch dabei."
„Was?"
„Der Polizist trinkt mit."
„Willst du damit sagen, das ist gar kein echter?"
„Sieht so aus." Stoiber sieht mich an, rümpft die Nase als ob ich stinke. Ich reibe mir das Gesicht und ziehe die Schultern hoch. Wir gehen zurück zum Wagen und fahren ihn hinter Michis Büro. Wir stellen den BMW genau da ab, wo vorher der andere stand. Den Schlüssel lassen wir stecken. Wir gehen zu Fuß in Richtung Stadtmitte. Die Straßenbäume sind mit künstlichen Blütengirlanden umwickelt.

„Warte mal", sagt Schröder. Er beugt sich zu einem geparkten Auto herab. An der Seitenscheibe hängt ein Schild: „Notverkauf. Nur 4.300.–"

„Wie viel haben wir?", fragt Schröder.

„Viertausendzweihundertundneunzig."

Wir legen unser Geld wieder zusammen.

„Ist noch was in der Tüte?", fragt Schröder.

Ich schüttle den Kopf.

„Wir müssen ihn runterhandeln", sagt Stoiber.

Peter Hardcastle

Die Städtepartnerschaft

An einem milden Aprilmorgen strich ein ungewöhnlich warmer Westwind sanft über den Parkplatz schräg gegenüber der Ville Close, der mittelalterlichen Altstadt des bretonischen Hafens Concarneau, als ein junger Mann, dessen leuchtend rote Windjacke über der Brust offen stand, das Office de Tourisme betrat. Er ging an den Tresen und lachte das blonde Mädchen, das die neuen Posterrollen sortierte, herausfordernd an.

„He, Nolwenn, ça va? Nichts los heute, was?"

Sie zuckte mit den Achseln. Luc, den Nolwenn Guirec seit der Schulzeit kannte, würde sich wohl nicht mehr ändern, immer eine Spur zu laut und zu großspurig. Die hübsche 21-Jährige wusste, dass er scharf auf sie war, aber Luc, nein, das würde nie etwas werden. Jeder ahnte das, nur er selbst kapierte es nicht. Sie schüttelte ihre blonden Locken und deutete unbestimmt in die Richtung des Marktplatzes, wo eine Tribüne errichtet wurde.

„Kommst du heute Abend auch zum Konzert?" Luc Nedellec schüttelte bedauernd den Kopf.

„Merde, leider nix zu machen." Er hieb mit der Faust auf den Tresen. „Meine Eltern bekommen heute einen deutschen Gast aus Bielefeld zu Besuch, da muss ich zu Hause sein, verlangt mein Alter. Der Typ wird ein paar Tage bei uns bleiben. Wahrscheinlich wieder irgend so ein Langweiler. Keine Ahnung, was der im April in Concarneau will. Oh, Mann, mir geht diese ganze Jumelage auf den Keks."

Nolwenn lächelte versonnen und dachte dabei an den netten Jungen vom letzten Jahr. „Diese Städtepartnerschaft, das ist doch eigentlich ganz nett, oder?" Dieser junge Deutsche hatte kaum Französisch gesprochen, aber das war dann rasch auch nicht so wichtig gewesen. Dafür war er sehr zärtlich gewesen. Dreimal hatte er ihr danach noch geschrieben, Liebesbriefe, aber sie hatte ihm nur mit einer einzigen Postkarte ausweichend geantwortet. Sie hatte einfach keine Lust auf eine Freundschaft über eine so weite Entfernung. Seine Briefe waren dann ja auch ausgeblieben. War wohl besser so, nur ein netter Urlaubsflirt.

Luc presste seine Lippen ärgerlich zusammen. „Denkst wohl immer noch an diesen Deutschen, häh?" Er hasste diesen Kerl, Nolwenn Guirec gehörte ihm, verdammt noch mal, nur ihm allein. Sogar sein Kumpel Albert hatte sein Vorrecht inzwischen stillschweigend anerkannt. Bon, er hatte ihm schon vor Monaten Prügel angedroht und dieser Waschlappen war gleich für ein paar Tage zu seiner Tante geflüchtet. Wenigstens war danach alles klar. Auch wenn Nolwenn das noch nicht kapierte, er war jetzt hier allein im Rennen.

„Ach was, der ist doch längst passé", winkte sie ab. „Ich hab ja auch nichts mehr von ihm gehört."

Luc nickte zufrieden. „Salut, wir sehen uns …" Er musste zurück in den parkenden Rettungswagen, wo ihn Pierre schon ungeduldig erwartete.

Kriminalhauptkommissar Walther Piatkowski war sich nicht sicher, ob er wirklich nach Concarneau hätte fahren sollen. Aber einen Besuch im Rahmen der Städtepartnerschaft mit Bielefeld-Senne als Deckmantel für seine Ermittlungen zu verwenden, das war geradezu ideal gewesen. Er war bei einer Familie Nedellec untergekommen, die ein schönes Haus in der Nähe des Strandes bewohnte. Georges Nedellec, ein stämmiger, bebrillter Mann mit am Hinterkopf bereits schütterem Haar, arbeitete als Beamter im Kulturreferat der Stadtverwaltung. In dieser Funktion war er auch für die Betreuung der Gäste aus Bielefeld zuständig. Und weil das städtische Appartement im ehemaligen Rathaus gerade renoviert wurde, hatte er den Deutschen kurzerhand bei sich aufgenommen.

Wunschgemäß lieferte er Walther Piatkowski schon am nächsten Tag bei einem Kollegen von der Kriminalpolizei ab. Capitaine Léon Corbeau, ein schlanker dunkelhaariger Mann von Ende Dreißig, kam mit energischen Schritten aus seinem Büro, schüttelte dem Kommissar herzlich die Hand und sagte in recht passablem Deutsch: „Ich heiße Sie willkommen in Concarneau, monsieur le commissaire. Womit kann ich Ihnen eine Freude machen?"

Piatkowski hatte beschlossen, nicht sofort damit

herauszurücken. Von draußen hörte er ein Quietschen und blickte kurz aus dem Fenster des Büros. Auf der anderen Straßenseite blieb ein gelbes Postauto neben einem auf dem Bürgersteig wartenden roten Rettungswagen stehen. Polizei, Rettung und Post, alle auf einem Haufen, er war wirklich in einer Kleinstadt. Piatkowski holte tief Luft und lud den Capitaine erst mal zum Mittagessen ein, was dieser sofort annahm. „Gerne, mon ami, ich habe gerade Zeit. Im April ist hier nicht viel los. Selbst Touristen sind sehr selten." Er zwinkerte dem Deutschen zu. „Und danach erzählen Sie mir, was Sie ausgerechnet im April hierher führt."

Nachdem sie im Restaurant *Belem* vorzüglich choucroute de poisson gespeist hatten und der freundliche kahlrasierte Wirt ihnen im Anschluss an das Dessert die Espressi und Cognacs serviert hatte, lehnte sich Capitaine Corbeau erwartungsvoll zurück.

„Bon, und nun … wie sagt man bei Ihnen?" Corbeau zeigte mit dem Finger auf ihn. „Heraus mit der Sprache … ist das richtig?"

„Goldrichtig!" Piatkowski schnüffelte an seinem Glas, räusperte sich und sagte dann wie ein Schüler, der beim Rauchen erwischt worden war: „Ich will ehrlich zu Ihnen sein, mich führt ein ungelöster Fall nach Concarneau." Corbeau lächelte, das war es also. „Bei uns in Bielefeld wurde ein junger Mann umgebracht, vor gut neun Monaten, und wir haben immer noch keine heiße Spur."

„Bedauerlich, aber was hat das mit Concarneau zu tun?", wunderte sich Corbeau und nippte an seinem Cognac. Piatkowski zuckte mit den Achseln.

„Wir haben Indizien, darunter auch welche, die in die Bretagne weisen – der junge Mann aus Bielefeld-Senne war vor einem Jahr im Rahmen der Städtepartnerschaft in Concarneau. Er soll sich hier in ein Mädchen verliebt haben."

„Na und? L'amour, das ist doch ganz alltäglich." Corbeau legte den Kopf schräg. „Ist das etwa alles?"

Piatkowski nickte bekümmert. „Nicht ganz. Seine Freunde sagten uns, er wäre sehr verliebt gewesen und habe dem Mädchen sogar hierher geschrieben." Corbeau kniff ein Auge zu, als würde er zielen und Piatkowski hob die Hände. „Ich gebe zu, das ist wenig, aber ein Gefühl sagt mir, dass da vielleicht doch etwas mehr dran sein könnte."

„Ein Gefühl? Wie sollen wir damit weiterkommen?" Corbeau hatte „Wir" gesagt und damit dem aufatmenden Kommissar stillschweigend angedeutet, dass er seinem Kollegen helfen würde, falls es wirklich etwas herauszufinden gab. „Ein paar Briefe, was sagt das schon? Gibt es denn keine anderen Hinweise?"

„Ja, da gibt es noch etwas", sagte Piatkowski gedehnt. „Die Briefe allein hätten mich sicher nicht hierher gebracht, aber wir haben an den Kleidern der Leiche einen Stachel gefunden, und der stammte von einem Ginsterbusch, wie er typisch ist für die Bretagne."

„Ginster?" Corbeau blickte ihn ungläubig an. „Merkwürdig."

Piatkowski machte eine hilflose Geste. „Ich gebe zu, das ist wenig."

„Puh!" Corbeau wunderte sich über die Naivität des Deutschen. Ginster, also bitte, das war ja geradezu lächerlich, Ginster wuchs überall in der Bretagne. „Der Junge war schließlich selbst hier, da wird er sich den Ginsterstachel vermutlich selbst irgendwo eingefangen haben."

„Ja, das dachte ich zuerst auch." Piatkowski nahm einen Schluck und genoss, wie der Cognac langsam seine Kehle passierte und schließlich den Magen erwärmte. „Aber der Stachel steckte am Ärmel einer Jacke, die er erst eine Woche zuvor gekauft hatte. Diese Jacke war nachweislich nie in der Bretagne gewesen." Der Kommissar lächelte milde. „Irgendjemand aus der Bretagne ist mit dieser Jacke in Berührung gekommen, das steht fest."

Capitaine Corbeau starrte sein Gegenüber an und musste sich schließlich unwillig eingestehen, dass der deutsche Kommissar doch nicht ganz so naiv war, wie er anfangs geglaubt hatte.

„Na schön, was sollen wir nun tun?" Corbeau sah Arbeit auf sich zukommen, und das gefiel ihm weniger. „Es ist schon so lange her."

Piatkowski wiegte den Kopf. „Was sind schon neun Monate? Das Opfer hat ein Tagebuch geschrieben." Er lächelte Corbeau scheinbar harmlos an. „Wir wissen daraus, wie das Mädchen hieß, wir haben sogar ihre Adresse. Hier in Concarneau."

Am nächsten Nachmittag saß Nolwenn Guirec kerzengerade auf dem Stuhl vor dem Schreibtisch des Capitaine. Sie war zuvor bereits eine Stunde lang von Leutnant Brissac, einem vierschrötigen Beamten mit einer kräftigen Stimme und langsam ergrauendem Haar, befragt worden. Nolwenn war sichtlich genervt, denn Leutnant Brissac hatte jede Frage bestimmt zehn Mal wiederholt. Der Capitaine, der Brissacs Taktik der Zermürbung durch Wiederholung kannte, sah sie mit gerunzelter Stirn an. Sie befürchtete bereits, das Fragespielchen würde von vorne losgehen.

„Sie haben also nach dem dritten Brief nichts mehr von Andreas Innmann gehört?"

„Das habe ich doch Ihrem Leutnant schon ein paar Mal gesagt!", schnappte sie und warf ihre blonden Locken nach hinten. „Was soll denn das Ganze? Dieser Andreas war, ich glaube über ein Jahr ist das jetzt schon her, für ein paar Tage in Concarneau. Ich habe ihn damals mit seinen Kumpels ein- oder zweimal in der Disco getroffen, das ist alles!"

„Ach ja?", Corbeau beugte sich vor. „Sein Tagebuch sagt aber etwas anderes." Er beugte sich vor: „Etwas Intimeres …"

Sie errötete und murmelte „Die Jungs bilden sich doch sofort was ein, phantasieren einfach, wie sie es gerne hätten." Sie versuchte dabei dem forschenden

Blick des Capitaine auszuweichen, so dass er völlig sicher war, dass sie ihn anlog.

„Warst du in den letzten Monaten mal in Deutschland? Sag mir lieber gleich die Wahrheit, wir bekommen es sowieso heraus!"

„Ich war noch nie in Deutschland!" Sie blickte ihm gerade in die Augen. „Und ich will da auch nicht hin!"

Als Nolwenn die Polizeistation verließ, blickte ihr der Capitaine aus dem Fenster nach. Sie überquerte die Straße und wurde dort von einem jungen Mann in einer roten Windjacke angesprochen. War das nicht dieser Luc Nedellec, der mit seinem Sohn Charles zeitweilig zusammen in der Schule gewesen war?

Am späten Nachmittag trafen sich Corbeau und Piatkowski zu einem Aperitif in der Bar des *Amiral*. Der Deutsche war ungeduldig. Capitaine Corbeau ließ sich nicht aus der Ruhe bringen und überhörte geflissentlich alle Wünsche des Kommissars nach einer persönlichen Teilnahme am nächsten Verhör.

„Wir haben das überprüft. Das Mädchen war noch nie in Deutschland. Aber mein Sohn hat mir vorhin erzählt, dass ein ehemaliger Schulkamerad, ein gewisser Luc Nedellec, scharf auf die Kleine ist, aber bisher nicht so richtig bei ihr landen konnte." Corbeau schob seinen Whisky vor sich hin und her. „Trotzdem kommen wir damit nicht weiter, denn Luc war zwar schon einmal in Deutschland, zum Schüleraustausch in München … aber das ist gut drei Jahre her. Und seitdem war er nicht mehr dort."

Piatkowski kratzte sich am Kinn und starrte ein paar Sekunden auf die Tischplatte. Er hatte Luc Nedellec, den Sohn seines Gastgebers, vorgestern selbst kennen gelernt. Ein eher unbedarfter Junge, blickte manchmal etwas finster drein, aber er wirkte nicht wie ein kaltblütig planender Mörder. Luc lag seinem Vater noch auf der Tasche. „Hat immer noch keinen Job! Aber jeden Abend ausgehen! Und die Weiber, hah! Wenigstens fährt er freiwillig ab und zu mal Krankenwagen. Albert, sein bester Freund, der ist auch keine große Leuchte, aber der ist wenigstens bei der Post untergekommen und verdient jetzt ordentlich."

Sport war für Lucs Vater fast heilig, er selber fuhr in jeder freien Minute mit dem Rennrad. Er räsonierte darüber, dass er ziemlich froh darüber wäre, dass Lucs „Copain" Albert Kerjean den Jungen manchmal zu einer lustlosen Joggingrunde durch die Felder mitnehmen würde. Immerhin. „Sonst würde er fett werden, das fehlte mir noch!"

„Diese Nolwenn ist vermutlich hübsch?" Piatkowski hatte Mühe, den heute einsilbigen Capitaine ins Gespräch zu ziehen. Corbeau war beim Zugriff auf eine Schmugglerbande der Anführer durch die Lappen gegangen, das ärgerte ihn maßlos.

„Kann man so sagen." Der Capitaine verzog die Mundwinkel. „Wenn man diese etwas simplen Blondinen mag."

„Aber viele junge Männer fliegen doch wohl auf

hübsche Mädchen." Piatkowski betonte: „Hübsche blonde Mädchen!"

„Mag sein", sagte Corbeau vorsichtig. „Worauf wollen Sie hinaus?"

Piatkowski zählte an seinen dicken Fingern ab: „Was verband das Opfer mit Concarneau? Die Liebe! Liebe und Hass, die häufigsten Mordmotive." Corbeau nickte zustimmend. „Wer käme in Frage? Erstens, ein verzweifelter stiller Verehrer, der zweitens befürchtete, dass sich diesmal ein hartnäckigerer Nebenbuhler an die begehrenswerte Nolwenn herangemacht hatte. Und, der drittens genau wusste, dass dieser Verehrer bei ihr weitergekommen war, als sie das zugeben wollte, vor allem weiter, als er selber. So was nervt."

„Luc hat ein Alibi", erinnerte Corbeau den Kommissar. „Wer könnte es denn dann noch sein?"

„Derjenige, auf den das alles zutrifft, und der viertens natürlich zur Tatzeit in Deutschland war. Und fünftens bitte den Ginster nicht vergessen. So viele werden das ja nicht sein, auf die das alles zutrifft."

„Klingt, als hätten Sie bereits eine Idee?"

Piatkowski lächelte und nannte ihm leise einen Namen. Capitaine Corbeau überlegte kurz und nickte dann. Er nahm sein Handy und rief Leutnant Brissac an, der plötzlich sehr viel zu tun bekam.

Am nächsten Nachmittag wurde der Postbote Albert Kerjean verhaftet.

„Sie hatten Recht", sagte Corbeau anerkennend. „Als Schulfreund von Luc Nedellec kannte Albert Kerjean die hübsche Nolwenn ebenfalls. Er hatte auch mitbekommen, dass sich Nolwenn und der junge Deutsche damals näher gekommen waren, aber er hatte gehofft, mit der Abreise des Deutschen wäre die Sache beendet. Luc nahm er als Rivalen nicht so ernst, den hatte er vor Ort unter Kontrolle, und Nolwenn hatte an Luc kein Interesse. Aber dieser Deutsche? Wissen Sie, er trägt die Post in der Straße aus, in der Nolwenn wohnt und bekam so direkt mit, dass der Deutsche ihr offenbar Liebesbriefe schrieb. Da nach dem dritten auch noch ein vierter Brief kam, öffnete er diesen heimlich. Der Deutsche kündigte darin an, er würde bald wieder zu Nolwenn nach Concarneau kommen. Das durfte nicht sein. Also ließ er den Brief verschwinden und entschloss sich, drastisch dagegen vorzugehen. Angeblich machte er zur Tatzeit für ein paar Tage einen Besuch bei einer Tante im Périgord, aber dieses Alibi stimmte nicht, die Tante wusste nichts über einen Besuch. Wir haben dann seine Kontoauszüge überprüft. Nicht sehr helle, der Junge, hat geglaubt, dass niemand auf ihn kommen würde, Bielefeld ist so weit entfernt. Er hatte die Fahrt nach Deutschland online gebucht, alles war dokumentiert. Ach so, der Stachel. Ja, beim Joggen kann man schon mal einem Ginsterbusch sehr nahe kommen."

Piatkowski nickte bedächtig. „Das passt zusammen."

„Als wir ihm das alles vorgehalten haben, ist er zusammengebrochen und hat gestanden. Den fehlenden vierten Brief haben wir dann in seinem Zimmer hinter dem Bett gefunden." Corbeau wirkte trotzdem nicht zufrieden über die Klärung des Falles.

„Hervorragend!", freute sich Piatkowski. „Das sind gute Nachrichten."

„Für Sie vielleicht", sagte Capitaine Corbeau säuerlich. „Was meinen Sie, was der Bürgermeister dazu sagen wird. Ein Mord im Rahmen unserer Städtepartnerschaft! Furchtbar. Das Geschrei hört man bis Paris!"

Ralf Kramp

Stiftels finsteres Geheimnis

„Irgendwas stimmt mit dem nicht!"

„Hm?"

„Irgendwas ist mit diesem Kerl nicht in Ordnung." Maria Walterscheid drehte sich zu ihrem Mann Bert um, der nur widerwillig von seiner *Sport-Bild* aufsah. Als er das Fernglas in ihren knochigen Händen entdeckte, brummte er: „Tu dat weg! Wenn der dich sieht ..."

„Wenn der dich sieht ... wenn der dich sieht ... irgendwas stimmt mit dem nicht, Bert, das spüre ich!"

Als sie das Fernglas wieder an die Augen hob, hatte Stiftel den Vorhang bereits wieder zugezogen. Sie fluchte leise. Um ein Haar hätte sie einen Blick in das Wohnzimmer ihres neuen Nachbarn werfen können. Die Abenddämmerung breitete ihr Zwielicht über dem Dorf aus, Stiftel hatte schon das Licht eingeschaltet, und für einen Moment – nur für einen winzigen Moment – hatte sie aus dem Dunkel ihres Beobachtungspostens am Wohnzimmerfenster heraus eine Schrankwand erkennen können und die Schemen einer Sitzgruppe. Und schon war es wieder vorbei. Maria Walterscheid malmte verärgert mit den Zähnen. „Na warte", knurrte sie. „Das finde ich schon noch raus, mein Freund."

„Kann ich jetz dat Licht wieder anmachen?", fragte Bert.

Friedrich Stiftel kam aus der Stadt. Ein kleines, nervöses Männlein mit starker Brille und fettigem Haar.

In dem unscheinbaren Haus mit der grauen Sandputzfassade hatte bis vor vier Monaten der alte Otten gewohnt, dem Frau Walterscheid öfter mal was zu Essen rübergebracht hatte. Sie hörte sein trockenes Husten, wenn sie im Sommer bei offenem Fenster schliefen und sie hatte seine Unterhosen an der Leine im Garten baumeln sehen. Für Otten hatte sie oft Post entgegengenommen und sie hatte seine verlausten Katzen versorgt, wenn er zu seinem Sohn nach Bottrop fuhr.

Einen Hausschlüssel hatte sie natürlich auch gehabt, keine Frage.

Natürlich nur für den Notfall.

Otten hatte man dann irgendwann die Gallenblase entfernt, danach eine Niere, ein paar Monate später noch irgendwas anderes, so dass er irgendwann nur noch halb so schwer war und fast vom Wind umgeworfen wurde. Und dann hatte ihn Maria Walterscheid eines Morgens in seinem Garten gefunden. Tot, unter einem Kirschbaum. Er sah aus wie ein großes graues Hemd, das es von der Leine gepustet hatte.

Und jetzt wohnte dort Stiftel.
Und von Stiftel wusste sie nichts.
Gar nichts.
„Ich kann jar nix mehr sehen", maulte ihr Mann, und mit einem verächtlichen Schnaufen schlug sie nach dem Lichtschalter.

Stiftel wusste noch nicht, mit wem er es hier zu tun hatte. Das hier war nicht die Stadt, in der lichtscheue Gestalten spurlos ihr Dasein fristen konnten. Das war ein kleines Dorf in der Eifel, in dem Geheimnisse nicht sehr lange welche blieben.

Sie hatte ein flächendeckendes Netzwerk von Mitstreiterinnen, sie hatte Marlene, Helga, Ingeborg und Finchen, sie hatte eine Überwachungsmaschinerie, die diesen Neuling nackt und gläsern machen würde, wenn sie sie erst einmal angeworfen hatte. Und bei Stiftel, da war sich Maria Walterscheid auf eine unerklärliche Art sicher, da würde es sich lohnen.

„Heinz-Friedrich Stiftel, Rufname Friedrich. Geboren am 17.3.1952 in Mainz-Gonsenheim. Ledig, kinderlos. Beruf: Lehrer. Wegen eines Nervenleidens arbeitsunfähig seit 2003. Bevor er hierherkam, hat er sieben Jahre in Köln gewohnt." Helga guckte zerknirscht. „Nicht besonders viel, was?"

Maria schüttelte den Kopf. „Nicht besonders viel. Aber immerhin ein Anfang." Sie sah Helga intensiv an. „Keine Frauengeschichten?"

Helga rang die Hände. „Nun ja, Maria, meine Nichte arbeitet beim Einwohnermeldeamt und nicht beim Verfassungsschutz."

Maria Walterscheid schlürfte ihren Kaffee Hag. „Es ist dieser Blick, weißt du, Helga. So … verhuscht. Wie so ein kleines Tier. Diese zugezogenen Vorhänge, dieses hektische Umgucken im Garten … Wie auf der

Flucht oder so."

„Der Mann ist nervenkrank."

„So sagen es die Aufzeichnungen", sagte Maria Walterscheid und schlug einen geheimnisvoll verschwörerischen Tonfall an. „Das ist nur die Fassade, glaub mir."

*

„Er hat Frauenbesuch gehabt!", jubelte Marlene, als sie auf Maria zulief, die den Bürgersteig fegte.

In ihrer Hand hielt sie aufgefächert fünf Polaroid-Fotos. „Eine Frau! Stiftel hat eine Frauenbekanntschaft!"

Maria sah hastig zum Nachbargrundstück hinüber, dann zerrte sie Marlene in den Hauseingang. Gierig ließ sie den Blick über die Fotos huschen. Stiftel, seine Haustür, sein Mazda, eine Frau ... kein Zweifel. Ein zierliches Persönchen, fast einen Kopf kleiner als Stiftel sogar. Dunkle Haare, Pagenschnitt.

„Total verwackelt", maulte Maria. „Hast du auch was, auf dem sie von vorne zu sehen ist?"

„Hier." Marlene tippte auf ein Bild, auf dem Stiftel die Autotür hinter der fremden Frau schloss.

„Ist ja der halbe Kopf abgeschnitten."

„Bin ja auch kein Fotograf."

„Wann war das?"

Marlene drehte eins der Fotos. Datum und Uhrzeit waren notiert. Marlene hatte sogar ihr Kürzel druntergesetzt, M. F. für Marlene Fries.

„Vorgestern?" Marias Stimme wurde laut und überschlug sich. Was soll denn das? Wieso kriege ich das erst jetzt zu sehen?"

„Wir waren doch übers Wochenende weg, an der Mosel", sagte Marlene kleinlaut.

„Der halbe Kopf abgeschnitten", murmelte Maria.

*

An einem Mittwochnachmittag, an dem sie Stiftel beobachtet hatte, wie er in seinen Mazda gestiegen und davongefahren war, glaubte sie, die Zeit sei nun reif für eine kleine Expedition.

„Wo jehste hin?", fragte ihr Mann, der in der Küche über den Lokalteil der Tageszeitung gebeugt saß. Sie antwortete nicht. Er hatte auch keine Antwort erwartet.

Sie zog alte Wollsocken über ihre Halbschuhe und ihre Spülhandschuhe über die Hände. „Liebchen", rief ihr Mann ihr noch hinterher. „Dat is hier kein Edgar-Wallace-Film. Dat is die Eifel." Aber da war sie bereits am Zaun zu Stiftels Grundstück.

Stiftels Kardinalfehler war gewesen, sie nicht binnen einer Woche nach seinem Einzug zu einer Tasse Kaffee einzuladen. Sie und Finchen, seine nächsten Nachbarinnen rechts und links. Oder die beiden gemeinsam mit ihren Ehemännern zum Grillen am Abend. Ein paar freundliche Worte am Gartenzaun oder vielleicht

ein Beitritt in einen der sechzehn Vereine des Dorfes wären ein Zeichen. Mussten ja nicht die Schützen oder der Tennisclub sein. Karneval oder Dorfverschönerungsverein war ja auch schon mal was. Sie hätte ihm auch Salat aus dem eigenen Garten geschenkt und künftig zu Weihnachten ein Päckchen Schokoladenprinten oder etwas Ähnliches.
Aber Stiftel schottete sich ab.
Kein Mensch tut das, wenn er nichts zu verbergen hat.

Sie blickte sich um. Der alte Schuppen war vom Knöterich überwuchert, von der rostigen Wäschespinne baumelten lose die vergammelten Leinen herunter. Der Garten drohte zu verwildern. Grillen wäre hier gar nicht möglich. Schlamperei.
Sie pirschte sich, verdeckt von den üppigen Holunderbüschen, nach vorne, zur Haustür. Man musste sie ja nicht unbedingt sehen. Ihre Nachbarinnen kannten und unterstützten zwar ihre Mission, diente sie doch dem dörflichen Gemeinwohl, aber …
Insgeheim hatte sie gehofft, er habe vor lauter Nachlässigkeit das alte Schloss in der Haustür gelassen. Aber dieser ängstliche kleine Mann hatte vorgesorgt. Sie ließ den Schlüssel vom alten Otten wieder in die Tasche ihrer Kittelschürze gleiten, in der auch das schnurlose Telefon ruhte. Finchen hatte Order durchzuklingeln, wenn unerwartet sein Auto auftauchte. Ein neues Schloss! Wenn der nichts zu verbergen hatte.

Energischen Schrittes ging sie zum Klofenster. Das hatte beim Otten oft schief in den Angeln gehangen. Kinderspiel, so was aufzudrücken. Aber auch hier hatte Stiftel vorgesorgt. Das Fenster war fest verschlossen und von innen war eine matte Folie gegen die Scheibe geklebt. Sie fluchte etwas, das sie ihrem Mann abgelauscht hatte, als er noch im Steinbruch gearbeitet hatte.

Dann kam ihr die Erinnerung an die Katzenklappe, und eine bislang unbekannte Euphorie brandete durch ihren Körper.

Die Klappe war unverändert am unteren Rand der Terrassentür angebracht. Als Maria in die Knie ging, knackte es gefährlich, und Schmerzen fuhren ihr durch die blaugeäderten Beine. Dann aber belohnte sie der Einblick in Friedrich Stiftels Wohnzimmer für ihren Schmerz. Wenn sie den Kopf ganz dicht auf die Bruchsteinfliesen vor der Terrassentür hinunterpresste, konnte sie hineinsehen.

Maria Walterscheid hielt den Atem an.

Ein durchschnittlich geschmackvoll eingerichteter Raum. Sitzgruppe, Essecke, Schrankwand aus hellem Holz, nichts Besonderes. Die Möbel hatte sie schon in Augenschein nehmen können, als sie den Fahrern des Möbelwagens eine Tasse Kaffee hinübergebracht hatte, um bei einem Schwätzchen vielleicht das ein oder andere zu erfahren.

Persische Teppiche in gedeckten Farben, ein paar moderne Kunstdrucke, ein frischer Blumenstrauß in einer Vase auf dem Tisch.

Kleine Steinchen drückten sich in ihre Wange. Sie schob den Kopf weiter vor.

Das Bild, das sich ihr hier präsentierte, war ihr zu brav, zu bieder. Irgendein finsteres Geheimnis verbarg sich hier.

Und plötzlich hing sie fest.

Ihr Kopf steckte in der Katzenklappe fest, und so, wie sie versuchte, ihn zu drehen und zu wenden, quetschte sich ihre Nase, dass der Knorpel knirschte, sprangen ihre Haarklammern durch die Luft. Maria Walterscheid keuchte. Der Rahmen der Katzenklappe drückte in ihren Nacken.

Sie ruckte erneut. Nichts.

Als sie erschöpft innehielt, erklang plötzlich durch die eintretende Stille das Geräusch eines Schlüssels in einem Schloss.

Das Blut schoss ihr in den Kopf, was in ihrer Situation nicht eben förderlich war. Stiftel war zurück! Was war, wenn er sie jetzt in dieser Lage vorfand? Dafür gab es nicht allzu viele wirklich glaubwürdige Erklärungen. Panisch wand sie sich hin und her, und plötzlich hatte sie sich befreit und kullerte hinterrücks auf die Terrasse.

Es dauerte nur einige Sekunden, bis sie sich wieder aufgerappelt hatte.

In der Tasche ihrer Kittelschürze klingelte das Telefon. Als sie in die Büsche hineinstrauchelte um möglichst rasch in ihren eigenen Garten zu fliehen, presste sie den Hörer ans Ohr und vernahm Finchens aufgeregte Stimme: „Er kommt zurück!" Maria unterdrückte einen wütenden Aufschrei. „Er IST zurück!", zischte sie.

„Jetzt holt er was Schweres aus dem Kofferraum. O wei, Maria. Ein Riesenpaket!" Finchens Stimme überschlug sich. Als Maria über den Zaun kletterte, zerriss es ihr die Kittelschürze.

„Paket?", keuchte sie. „Was denn für ein Paket?"

Jetzt hörte auch sie das Schlagen des Kofferraums vor Stiftels Haus. Und dann umrundete seine kleine Gestalt die Holunderbüsche. Er schleppte in der Tat ein riesiges Paket. Einen unförmigen, großen Sack aus Kunststofffasern, der mit einem Strick zugeschnürt war. Stiftel stand der Schweiß auf der Stirn.

Maria kauerte sich schwer atmend hinter den Zaun und beobachtete ihn, wie er seine Last keuchend und schnaufend am Haus entlang in den Garten schleifte und schließlich im Schuppen verstaute.

„Finchen", hauchte sie leise in das Telefon. „Ich hab's gewusst! Der halbe Kopf abgeschnitten. Vielleicht jetzt schon der ganze!"

Am nächsten Tag ließ sie den Schuppen so gut wie nicht aus den Augen. Das nagelneue Vorhängeschloss, das Stiftel angebracht hatte, blinkte in der Sonne geradezu hämisch zu ihr hinüber.

Sie verpasste keine Nachrichtensendung und ließ den ganzen Tag das Radio laufen. Wurde jemand vermisst? Hatte sich ein Mord ereignet? Sollte sie die Polizei alarmieren? Ihre Nerven waren zum Zerreißen gespannt.

In der darauffolgenden Nacht standen sie dann in Marias Wohnzimmer. Es war etwa drei Uhr, als Bert aus dem Schlafzimmer geschlurft kam, seine Pyjamahose über seinen dicken Bauch zurrte und in drei weit aufgerissene Augenpaare blickte, als er das Licht im Esszimmer anschaltete. Er hob an, um zu fragen „Wat macht ihr denn hier?", aber dann schloss er doch nur achselzuckend den Mund, holte sich einen Joghurt aus dem Kühlschrank, schlich kopfschüttelnd zurück ins Schlafzimmer und überließ sie wieder der Dunkelheit. „Weiber", hörten sie ihn noch schnaufen.

Um 4.30 Uhr wurde ihr Warten belohnt. Es tat sich etwas in Stiftels Garten.

„Ich hab's gewusst!", zischte Maria, als sie einen Spaten im Mondlicht aufblitzen sahen. Ingeborg und Finchen trauten ihren Augen nicht. Es war finster, und doch war alles deutlich zu erkennen.

Stiftel begann damit, gleich unter einem der Kirschbäume am Rand zu Finchens Garten, da, wo auch der tote Opa Otten gelegen hatte, ein gewaltiges Loch zu graben. Maria notierte die Uhrzeit und zeichnete im Schein des Feuerzeugs eine detaillierte Skizze des Geländes.

*

Am nächsten Tag brummte ihr Mann jedes Mal sehr unwirsch, wenn sie sich dem Telefon näherte, um mit verstellter Stimme die Polizei auf die mysteriösen Aktivitäten des Nachbarn hinzuweisen.

Am Abend tönte plötzlich ein Schrei durch die Stille. Ein Frauenschrei.

Für einen unaufmerksamen Passanten wäre er wahrscheinlich unbeachtet zwischen den Geräuschen des Sommerabends verklungen, aber Marias Gehör war geschärft. All ihre Sinne waren seit Tagen in Alarmbereitschaft.

„Schon wieder eine", murmelte sie und stürzte ans Fenster.

Zuerst rief Finchen an. Sie war besonders begierig, ihre Versäumnisse bei der letzten Bewachung wieder gut zu machen. Dann klingelte Helga an, danach Ingeborg und schließlich Marlene. Sie alle hatten brav auf ihren Posten gesessen und gelauscht und verkündeten aufgeregt: „Ein Schrei!"

Aus Stiftels Küchenfenster drang Licht. Der Vorhang war nur zur Hälfte zugezogen. Als sie das bereitliegende Fernglas an ihre Augen hob, war es ihr, als lege sich eine eiskalte Hand zwischen ihre Schulterblätter.

Sie erkannte undeutlich Stiftels Hände und die hochgekrempelten Hemdsärmel. Die Finger waren rot.

Wenige Augenblicke später klingelte Ingeborg an der Haustür, und war auch fast schon gleichzeitig bei Maria am Fenster. „Blut", flüsterte sie. „Du hattest recht, tatsächlich Blut!"

Maria trat vor den Fernseher und versperrte ihrem Mann den Blick auf den Musikantenstadl. „Ruf die Polizei!", herrschte sie ihn an. Dann verließ sie gemeinsam mit ihrer Freundin Ingeborg das Wohnzimmer durch die Terrassentür.

„Aber Liebchen", hörte sie noch. „Du machs aber auch aus jedem Futz ne Donderschlaach."

Um sie herum kroch die Nacht durch die Wipfel der Bäume heran. Die letzten Vögel pfiffen ein melancholisches Abendlied, und es roch nach frisch versprengter Gülle.

Sie gelangten ohne nennenswerte Zwischenfälle zu Stiftels Küchenfenster. Handschuhe und Wollstrümpfe und all das waren jetzt nicht mehr wichtig. Jetzt ging es um Sekunden.

Hinter ihrem eigenen Wohnzimmerfenster glaubte Maria ihren Mann stehen zu sehen. Er schüttelte den Kopf und hielt den Telefonhörer in der Hand.

„Ich bin bei dir", flüsterte Ingeborg, als Maria sich näher heranpirschte.

Stiftel stand mit dem Rücken zu ihnen. Er hatte eine Schürze umgebunden und hantierte auf dem Küchentisch herum. Wann immer seine Hände sichtbar wurden, glänzten sie feucht und leuchteten in einem beängstigenden Dunkelrot.

Durch den Fensterspalt hindurch mischte sich ein süßlicher Geruch unter den Güllemief.

„Mir wird schlecht", hauchte Maria. Als sie zur Seite sah, erkannte sie, dass es bei ihrer Kameradin bereits so weit war. Ingeborg verdrehte die Augen und begann zu taumeln. „Nicht", zischte Maria. „Reiß dich am Riemen!" Aber Ingeborg würgte, klammerte sich an einer alten Holzleiter fest, die an der Wand hing, riss sie aus ihrer Verankerung und mit ohrenbetäubendem Geschepper dengelten gestapelte Eimer, Spaten, Rechen und Besen sowie die Schubkarre durch die Dunkelheit.

Stiftel wirbelte herum, riss entsetzt die Augen hinter der rotbesprenkelten Brille auf, breitete die tiefroten Hände in einer wilden Geste aus und präsentierte eine blutrote Küchenschürze, die seinen Leib umspannte. Als er Maria erkannte, stieß er einen schrillen Schrei aus und griff nach einem der vielen stahlglänzenden Messer an der Halterung über dem Herd.

Maria half ihrer Freundin auf die Beine und betete in einem fort das Ave Maria. „Voll der Gnaden", bibberte sie. „Komm und bitte für uns Sünder ..." Sie stolperten voran, der Zaun raste auf sie zu.

Stiftels Gestalt huschte um die Hausecke. Er war wie von Sinnen. „Weg hier!", kreischte er. „Ihr verdammten Weiber! Lasst mich in Ruhe!"

„Jetzt und in der Stunde unseres Todes ..." Maria hatte das Gefühl, die Geschwindigkeit ihres Herzschlags habe sich verdreifacht.

„Amen!"

Dann tanzten mit einem Mal die weißlichen Lichtkegel zweier Taschenlampen durch die Nacht und die Stimme eines Polizisten brüllte tief und mit einem

Tonfall, der keinen Widerspruch duldete: „Halt! Bleiben Sie stehen!"

*

„Holunder", sagte der Polizist und lutschte den Finger ab.

Stiftel saß in seinem Wohnzimmer. Er hatte den Fernseher abgeschaltet. Das elende Geschrei der Hauptdarstellerin war ihm ohnehin auf die Nerven gegangen.

Stiftel war an seinem Esstisch in sich zusammengesackt und zitterte am ganzen Leib. Er trank bereits den dritten Eifelgeist.

„Ja, Holunder. Gelee", flüsterte er. „Und Saft. Ist gut gegen Halsschmerzen."

Der andere Polizist tauchte in der Terrassentür auf. „Ich bleibe draußen. Hab zuviel Dreck an den Schuhen." In der Hand hielt er den Spaten. „Ein Hund. Neufundländer oder so was."

„Hovawart", flüsterte Stiftel und kippte einen weiteren Eifelgeist.

„Von Ihrer Freundin, sagen Sie?" Der Polizist kam aus der Küche und versuchte mit dem Taschentuch den hartnäckigen Holundersaft von seinem Fingernagel zu wischen.

„Genau. Von Uschi. Aus Köln. Freundschaftsdienst."

„Das ist nicht zulässig. Das gehört in die Tierkörperverwertung."

„Ich weiß. Deshalb habe ich's im Dunkeln gemacht."

Der Beamte guckte durch das Esszimmerfenster zum Nachbarhaus hinüber. Dort oben sah er bleiche Frauengesichter hinter der Fensterscheibe. Völlig mit den Nerven runter, diese Weiber. Einen armen kranken Nachbarn drangsalieren …

„Sie sollten in einen Verein gehen oder so was. Sechzehn Stück gibt's hier. Da sollte doch was für sie dabei sein."

Stiftel nickte.

„Und mal Grillen mit den Nachbarn oder so was."

Stiftel nickte wieder.

Als die Polizisten gegangen waren, spülte er den sechsten Eifelgeist hinunter. Mit den Nachbarn würde er in Zukunft schon zurechtkommen. Jetzt hatte er Oberwasser. Nun würden sie ihn in Ruhe lassen und keinen weiteren Verdacht schöpfen.

Er ging in die Küche und zog die Vorhänge zu. Dann rückte er die Brille zurecht und nahm ein Messer. Das, mit dem er vorhin in den Garten gelaufen war. Er schüttelte den Kopf. Zu klein. Das größere war besser. Es lag gut in der Hand. Und er benutzte es immer nur für Fleisch.

Jetzt würde alles glattgehen.

Er rief Uschi an und lud sie für den nächsten Tag zum Abendessen ein. Das Messer hielt er während des Telefonats fest in der Hand.

Ihm würde nun keiner mehr in die Quere kommen.

Heidi Rehn

Freiwild

„Ich würd's wieder tun!" Luises Stimme klang trotziger, als sie es beabsichtigt hatte. Schon wollte sie mit dem Fuß aufstampfen, da bemerkte sie das jähe Erschrecken in Severins Augen. Der Blick war nicht zum Aushalten. Wieso schaute der so? Dem war doch nichts passiert. Sie war doch das Opfer! Nur, weil sie gestern früh den Halunken hinterrücks im Schlaf überfallen und ihm eigenhändig das verdiente Ende verpasst hatte, stand sie jetzt als Mörderin da. Und wenn schon! Sie bereute es nicht. Nie würde sie das. Nach allem, was der ihr angetan hatte, hatte er nichts anderes verdient. Erregt sprang sie vom Stuhl, eilte hinüber zum Fenster. Die Arme eng vor der Brust, stierte sie hinaus.

Der Wind hatte aufgefrischt, wirbelte das Laub auf dem Pflaster hoch, spielte damit, jagte die raschelnden, trockenen Blätter durch die Gassen den sanft ansteigenden Berg hinauf. Die Großmutter hatte recht: Auf einen so langen, warmen Sommer folgte immer ein besonders kurzer, kalter Herbst. Hoffentlich gab es bald Schnee, frischen weißen, unschuldigen Schnee. Der würde endlich alles gnädig verdecken. Bis zum Frühjahr würden dann wenigstens die anderen vergessen, was ihr passiert war. Sie selbst wurde die Erinnerung sowieso nie mehr los.

Der rüde Wetterumschwung des Jahres 1850 traf Mensch und Natur im Schatten der Riedburg völlig unvorbereitet. Niemand wollte wahrhaben, dass es auf einmal vorbei war mit der wohligen Gemütlichkeit des ungewöhnlich langen Sommers. Eisige Böen fegten über das Land, rüttelten unbarmherzig an Häusern und Scheunen, zerrten alles, was nicht niet- und nagelfest war, herunter. In der letzten Nacht hatte der erste Frost die Felder mit Raureif überzogen.

Vielleicht, schoss es Luise durch den Kopf, wäre alles nie passiert, hätte das Wetter schon früher umgeschlagen. Dann hätte es schließlich keinen goldenen Oktober gegeben, dann wäre sie nicht so übermütig allein zur Maronisuche im Wald aufgebrochen. Die Bauleute wären auch viel früher von der königlichen Villa abgezogen, und ihr wäre gewiss nicht … nein, alles Unfug! Es war nun mal so, wie es war, langer Sommer hin, später Herbstanfang her. Ändern tat sich dadurch sowieso nichts mehr. Und sie konnte schon gleich gar nicht mehr hinter das, was geschehen war, zurück. Sonst müsste sie am Ende noch viel früher anfangen mit dem, was hätte anders sein müssen, damit … nein, das ergab alles gar keinen Sinn. Erschöpft schloss sie die Augen, lehnte die Stirn gegen die kalte Scheibe, fror.

Sofort waren sie wieder da, all die schrecklichen Bilder und Geräusche. Seltsamerweise immer nur die aus dem Wald, als der Lump über sie hergefallen war. Vor Kälte erstarrt, unfähig, sich zu rühren oder gegen die quälenden Gedanken anzukämpfen, stand sie da. Allein. Ein Gefühl völligen Verlassenseins kroch in ihr hoch, umhüllte sie wie ein eisiges Tuch. Jede einzelne der grausamen Sekunden durchlebte sie wieder und wieder.

Dagegen konnte sie sich nicht wehren, genauso wenig, wie sie sich vor ein paar Tagen hatte wehren können. Auch da war sie ganz allein gewesen, niemand anderer weit und breit, der ihr hätte helfen können. Das hatte der Schuft ausgenutzt. Wie ein Stück Vieh hatte der königlich-bayerische Bauaufseher sie den Berg hinaufgejagt. Für den grobschlächtigen Mann, der sonst die noch ungeschlachteren Arbeiter auf der Baustelle der Ludwigshöhe befehligte, war es nichts als ein lustiges Spiel, für sie aber bald bitterer Ernst.

Genau davor hatte die Großmutter sie immer gewarnt: Seit die Bayerischen dank Metternich in der Pfalz saßen, nahmen die sich einfach, was sie wollten, und das jederzeit. Ob auf der Jagd oder bei den Frauen, schimpfte die Großmutter. Für die war alles Freiwild! Schließlich machte es der König aus dem fernen München auch nicht anders. Dabei hatte ihn nicht erst die Tänzerin verdorben. Im Dorf hieß es, dass er sich die schönsten Töchter der Residenzstadt sogar hatte malen lassen, um sie überall um sich zu haben.

„Hast mich eben noch so nett angelächelt", hatte der Bauaufseher trügerisch freundlich gesäuselt, dabei sicher nichts anderes als das königliche Vorbild im

Kopf. Was der auf dem Thron sich bei den Weibern herausnahm, wollte der Lump schon lang haben. Immer unbeherrschter trieb er Luise den Berg hinauf, scherte sich nicht um die Äste, die ihm ins Gesicht peitschten, nicht um die Wurzeln, über die sie stolperten.

Auf halbem Weg zur Riedburg war die Hatz vorbei. Erst schlug er ihr hinterrücks den Korb aus der Hand, dann riss er sie noch im Laufen herum und zerrte gierig an ihrem Rock. Brutal presste er sie auf den Waldboden hinunter, warf sich mit vollem Gewicht auf sie und knurrte: „Stell dich nicht so an!"

Luise aber stellte sich an, setzte alles daran, ihrem Schicksal selbst im allerletzten Moment noch zu entrinnen. Schließlich war sie nicht so eine, für die er sie hielt. Doch er war stark. Und brutal. Bald konnte sie ihm nichts mehr entgegensetzen, musste das wilde Um-sich-schlagen kraftlos aufgeben. Voller Abscheu musste sie ihn gewähren lassen, sehnte inbrünstig eine alles umhüllende Ohnmacht herbei.

Aber die kam nicht. Im Gegenteil. Es war, als schärfte das furchtbare Erlebnis erst recht die Sinne: Laut knisterte das frisch gefallene Laub in den Ohren, vereinte sich mit dem Stöhnen des Aufsehers zu einem schauerlichen Rhythmus. Tief brannte der sich auf ihrer Seele ein. Sie roch die feuchte Erde, spürte die Kälte des Bodens mit jeder Faser ihres Körpers. Vergeblich krallte sie sich mit den Händen in die Blätterschichten, suchte nach Halt. Jeder neue Stoß riss sie wieder los. Der Dreck grub sich fester unter ihren Fingernägeln ein.

Um dem Schuft nicht immerzu ins schweißtriefende Gesicht schauen zu müssen, kniff sie die Augen zusammen. Nach einer halben Ewigkeit ließ er keuchend von ihr ab. Erst da wagte sie, die Augen wieder zu öffnen, schaute stur an ihm vorbei in den Himmel empor. Dort oben strahlte die Sonne noch immer, ohne das geringste Mitleid für das, was unten auf der Erde geschah. Eine kleine Wolke schob sich langsam vor die Sonne. Luise spürte den Schatten auf ihrem Gesicht. Plötzlich wurde es kälter um sie herum. Tief in ihr drin begann etwas heftig zu zittern.

„Luise?" Von weit her drang das Rufen Severins an ihr Ohr. Unbemerkt war er aufgestanden und an sie herangetreten. Vorsichtig drehte sie sich um. Seine dunklen Augen verrieten Besorgnis: „Willst du mir nicht endlich sagen, was war?"

„Ach Severin", sie schüttelte den Kopf. Nie konnte sie das tun! Was dachte der sich nur, der junge, stattliche Cousin aus der weit entfernten königlichen Haupt- und Residenzstadt? Sie musterte seine schlanke, hoch aufgeschossene Gestalt. Erwachsen war er geworden, ganz ohne Zweifel. Und ernst. Wie war die Großmutter nur darauf gekommen, ausgerechnet ihn herzuschicken? Voller Argwohn hatte der Gendarm vorhin geguckt, als Severin die zum Gefängnis umfunktionierte Kammer des Gasthauses betreten hatte.

Sie konnte es ihm nachfühlen. Was tat so ein gut gekleideter, wohlerzogener junger Herr schon bei einer Frau wie ihr? „Hure" und „Mörderin" hatten sie gestern durch die Gassen gerufen, die Fäuste gereckt und auf den Boden gespuckt, sobald sie vorbeigeführt wurde. Vor ein paar Tagen noch hätte sie es selbst nicht anders gemacht.

Nachdenklich ruhte ihr Blick weiter auf Severin. Die Vertrautheit der Kindheit war verflogen. Die Kluft, die sich zwischen ihm, dem Studenten der Rechte in München, und ihr, der zwar nicht eben armen, aber auch nicht sonderlich vornehmen Winzertochter aus Rhodt in der Pfalz, seit einigen Jahren schon abzuzeichnen begann, war vollends aufgerissen. Nein, völlig undenkbar, ihn um Hilfe zu bitten, da mochte er noch so besorgt tun und sich auf die Wünsche der Großmutter berufen. Kein weiteres Wort brachte sie mehr über die Lippen. Viel zu dick klebte der Dreck des Waldes an ihr. Den würde sie nie wieder los. Nicht einmal Essigwasser hatte genutzt. Wer ahnte schon, was da inzwischen in ihr heranwuchs? Beschämt senkte sie die Augen.

„Was würdest du wieder tun?", versuchte der Cousin es unterdessen noch einmal.

Zaghaft hob sie den Kopf, blickte ihm in die dunklen, fast schwarzen Augen. „Italienische Augen" nannte die Großmutter sie immer, ein Erbe der welschen Linie seiner Mutter. Niemand sonst aus der Familie hatte die. Groß und rund blickte er sie damit an.

Ihr schien es, als könne sie für immer darin versinken, sich nur dort vor all dem Unheil der Welt retten. Hatte sie das als kleines Mädchen nicht schon probiert?

Daraus schöpfte sie Mut, wollte mit dem Erzählen beginnen, als mit einem Schlag die Tür aufflog. Ein reich dekorierter Uniformierter trat ein, dicht gefolgt von dem Gendarmen, der sie seit der Festnahme gestern streng bewachte. An der Art, wie er vor dem ersten katzbuckelte, las sie ab, wie wichtig der andere war.

„Da haben wir also unsere Delinquentin", polterte der Uniformierte los. „Hat sie mir etwas zu sagen?"

Seine hinterlistigen Äuglein brannten sich gierig auf ihrem Körper ein. Tiefrot war sein feistes Gesicht angelaufen. Beim Sprechen schnaubte er mehrmals nach Luft. Über dem Uniformkragen quollen dicke Falten heraus.

Sie antwortete nicht. Ungeduldig begann er an seinem Säbel herumzunesteln. Leises Klirren drang an ihr Ohr. Wieder und wieder schlug Stahl gegen Stahl, dazwischen knisterte der Stoff der Jacke, rhythmisch vermischten sich die Geräusche. Luise erstarrte. Aus den Augenwinkeln entdeckte sie, wie der graue Backenbart des Uniformierten zitterte, es in seinen Mundwinkeln zuckte, seine Lippen schmal wurden.

„Nun?", ließ er noch einmal seinen Bass vernehmen. „Hat sie mir wirklich nichts zu sagen?"

„Luise", vernahm sie ein drängendes Flüstern Severins von der anderen Seite.

Sie schluckte einen Kloß im Hals herunter. Ihre Hände wurden kalt.

„Weiß sie, welche Strafe sie für dieses heimtückische Verbrechen erwartet?"

Die Stimme des Uniformierten klang streng, gleichzeitig konnte er ein heftiges Aufschnaufen nicht unterdrücken.

„Bereust du denn gar nichts?", zischte Severin. „Fleh endlich um Gnade, mehr will er nicht hören!"

Wie auf ein geheimes Kommando traten beide gleichzeitig an sie heran. Die Luft wurde ihr knapp, der Platz um sie eng, Schweiß trat ihr auf die Stirn. Erschrocken kniff sie die Augen zusammen, hörte plötzlich wieder das Knistern des Laubs, das Schnaufen des Halunken, spürte seine brutale Umklammerung und wie ihre feuchtkalten Finger vergebens nach Halt suchten. Ihr wurde schwindlig. Blindlings stürzte sie auf den Uniformierten zu, riss seinen Säbel aus der Scheide, holte aus, stieß zu.

Mit einem überraschten Blick in den Augen sackte er zusammen. Erst als Severin grell aufschrie und der Gendarm sie von hinten packte, ließ sie den Säbel fallen.

Auf einmal war auch das wieder da, das Bild von gestern früh: Es wurde rot vor ihren Augen, alles voller Blut, genau wie in der Kammer des königlichen Bauaufsehers, nachdem sie ihn erstochen hatte.

Die Stille, die sich ausbreitete, besaß etwas Beruhigendes, Wohltuendes. Erleichtert sah sie zu Severin.

Da war sie wieder, die alte Zuflucht in seinen fast schwarzen Augen.

„Ich hab doch gesagt: ich würd's wieder tun", sagte sie. „Ich bereue nichts."

Klaus Seehafer

Vergiften, einfach vergiften!

Wenn ich ihn schon sehe, wie er da in der Küche steht und den großen Cuisinier zelebriert! Einmal in der Woche bindet er sich eine Biolek-Schürze um, taut Fischstäbchen auf, geht in *seinen* Weinkeller, um eine besondere Lage *seines* Weins von *seinem* Weinhändler hochzuholen. Und die Sprüche dabei! („Liebling, möchtest du wissen, was es heute gibt?") Nein, möchte ich nicht, aber er wird es mir gleich sagen. („Es gibt Limandes. Das ist ein seezungenähnlicher Fisch, auch Rotzunge genannt.") Aha. Na, hochinteressant. („Praktisch grätenfrei, meine Liebe. Ich mach ihn mit einer zarten Kräutermehlierung und leichtem Zitronenaroma. Dazu ein bisschen Butterpfannengemüse, zwei Backofen-Herzogin-Kartoffeln und als Garnitur – rate …!") Soll ich's ihm sagen? Soll ich sagen, dass es höchstwahrscheinlich Krabben sind? BoFrost Artikelnummer 511? Als ob ich nicht gesehen hätte, was er aus dem Eisschrank geholt hat. („Als Garnitur was besonders Feines: ein paar gebratene Luxuskrabben drübergestreut. Na, schmeckt uns das?")

Ja, der Herr Professor, der große Chemiker vor dem Herrn, die Koryphäe in Wissenschaft und Lehre, wobei dann immer ganz vergessen wird, dass auch ich meine Doktorarbeit im Fachbereich Chemie gemacht habe: Niedermolekulare Kupfer-Proteine aus Pflanzen und Mikroorganismen – davon verstehst du nämlich bis heute einen Dreck, mein Lieber! Du lässt dir immer ganz schön zuarbeiten von deinen vielen Doktoranden. Und wenn's eine Doktorandin ist und sie gefällt dir, dann förderst du sie auf deine Art. Dreckschwein! Man sollte dich vergiften, einfach vergiften! („Liebling, was hältst du von einem Mosel zum Essen? Wir haben doch noch diesen grandiosen 93er von Helmut Herber aus Perl. Weißt du noch, als wir bei ihm das erste Mal die Bioweine probiert haben?")

Die letzte von seinen Weibern hat mir den Rest gegeben. Das ging ganz klar von ihr aus. Hatte ein süßes Figürchen, wie er's mag, lange schwarze Haare, bestimmt gefärbt. Sie war einen Kopf kleiner. Das tut ihm gut, weil er doch selber nicht so groß ist. Ist er nirgendwo. Aber Blasen im Kopf. Und diese ewigen Allüren. Da ist er freilich Spitze. („Pazifikzunge! Stammt aus den Fanggebieten des Nordpazifik, du weißt schon, Bering-See. Der wird dann unmittelbar nach dem Fang filetiert und schockgefrostet.") Mein Gott, wem will er was beweisen? Ich wusste gar nicht, dass man die Werbeaufschriften der Plastikverpackung so lebendig vorlesen kann! („Erfahrene Fischer und Verarbeiter sind sich heute schließlich der Verantwortung für bestandserhaltende Fischerei bewusst. Anderes würd' ich auch gar nicht kaufen. Sie arbeiten mit schonenden Methoden und halten sich an internationale Abmachungen.")

Ich platze gleich. Ich werde mein Kreuzworträtsel in kleine Stücke reißen, in die Küche rennen und ihn links und rechts ohrfeigen. ICH KENNE DEN TEXT! Und den Fisch habe ICH bei BoFrost gekauft. Artikelnummer 474. Und die Kartoffeln auch (Nummer 654). Und das Butterpfannengemüse (Nummer 794) haben wir seit Jahren. Eigentlich seit dieser junge BoFrost-Fahrer die Sachen bringt. Meine kleine Heimlichkeit. Mein ein' und einziger Fehltritt. Warum, mein Lieber, lass ich dich wohl jeden Samstag in die Küche und Koch spielen? Damit das ganze tiefgefrorene Zeug auch wieder wegkommt. Ich mag's nämlich nicht. Aber den Jungen mag ich. Du dagegen ... weiß gar nicht, womit du deine Studentinnen immer noch bezauberst. Deine Vitalität kann's nicht mehr sein. Dazu hast du schon zu lange Diabetes. Oder klappt's dank der fortwährend neuen Reize doch immer noch mal wieder?

Gut sieht er ja eigentlich noch aus. Volles, silbernes Haar. Schlank. Dass sein Gesicht vom Insulin ein bisschen aufgeschwemmt ist, fällt nur mir auf, die ich schließlich schon 21 Jahre mit ihm zusammenlebe. Braungebrannt. Das heißt, er nimmt irgend so ein Zeugs auf Carotin-Basis, das sie bei sich im Laboratorium herstellen, davon bekommt er die Hautfarbe. Auch Menschen, die keinerlei Sport betreiben, können gut aussehen. Unter den Professoren ist er sicher der ansehnlichste. Und wenn wir mal ausgehen, was ja selten genug vorkommt, dann heißt es immer noch: Was für ein Paar! Sehen beide jünger aus, als sie eigentlich sein können. Sie soll übrigens auch Akademikerin sein.

Ich weiß doch, was sie hinter meinem Rücken reden. Nur weil ich während der Zeit, als unser Eric klein war und später dann, als er in der Schule so lang ein Sorgenkind gewesen ist, aufgehört habe zu arbeiten. War verdammt schwer, wieder den Anschluss zu bekommen. In meinem Fach geht alles rasend schnell weiter. Der inhaltliche Wert meiner Arbeit – längst passé. Als ich wieder so richtig drin war, hab ich sie einfach fortgeführt und über die Isolierung des Kupfer-Thioneins geforscht. Unterschiedliches Verhalten gegenüber den Metallothioneinen und so. Chemisches Forschen, das war und ist die große Freude in meinem Leben. Was ich heute noch will, ist: viel arbeiten und ein bisschen Sex. Aber nicht von Montag bis Freitag nach Hause hasten und dem Star der Universität ein gutes Essen vorsetzen. Den gesamten Haushalt picobello halten, weil der Herr ja eine Stauballergie hat. Als er sich damals eine volle Woche bei dieser verschlampten Erst-Semester-Schickse eingenistet hat, in deren Zimmer die Wollmäuse frei und ungejagt herumliefen, da war von Allergie keine Rede! Es ist das erste und letzte Mal gewesen, dass ich Lust darauf gehabt habe, ihn in flagranti zu erwischen!

Vergiften sollt' ich den Kerl, einfach vergiften! Aber ich weiß doch, wie leicht sich jedes Gift isolieren lässt. Und wer hat ihn dann wahrscheinlich umgebracht? Na, ich doch! Die frustrierte Ehefrau. Tatmotive reichlich vorhanden. Passende Vorbildung auch. Komme leicht an Gifte heran. Eigentlich gibt's überhaupt nur ein Mittel, das keine Polizei der ganzen Welt entdecken kann, und das wäre eine körpereigene Substanz. Also Insulin! („Schatz, noch fünf Minuten, würdest du bitte schon mal den Tisch decken, zwei Teller, Besteck, die Weißweingläser, die Korkplatte für die Pfanne, es muss jetzt alles sehr schnell gehen.") Für wie blöd hält er mich eigentlich? Soll ich vier Teller auflegen? Und sagen, es kommen gleich noch zwei seiner Geliebten; ich hätte sie ausfindig gemacht und gleichzeitig eingeladen, damit sie sich doch auch mal kennen lernen können?

Er ist so was von dämlich! Weiß genau, dass er keinen Alkohol trinken soll, aber zum Fisch muss es Wein geben. Weiß genau … Das wäre doch eigentlich eine schöne Möglichkeit: Heute Abend, wie ich ihn kenne, wird er sich wieder volllaufen lassen und ich darf ihn dann ins Bett hebeln. Da liegt er auf dem Bauch und stinkt. Aber wenn er dann im Tiefschlaf liegt und nichts mehr merkt, dann jag ich ihm eine Überdosis Insulin in den Hintern. – „Hm, das duftet ja köstlich!" – Na, wie panierter Fisch halt riecht, aber er muss ja immer gelobt werden. Gelobt und nochmals gelobt. „Und das Gemüse! Al dente."

Ich jag ihm also die Spritze in den Arsch, was als solches auch schon Spaß machen wird. Der Blutzuckerspiegel sinkt ab. Er fällt ins Koma. Gut. Dagegen könnte Glukose helfen, haben wir ja immer da. Aber merk ich, dass er im Koma liegt? Nein, merk ich nicht, denn ich schlafe ja. Und wenn ich morgens aufwache, erlebe ich nur einen offensichtlich immer noch schlafenden Mann mit Fahne. Also steh ich auf und verbringe den Vormittag bei meiner Freundin. Und wenn wir beide dann, na, sagen wir mittags, zu einem kleinen schnellen Essen nach Hause kommen, liegt er immer noch da. He, wach auf, Annemarie ist da! Jetzt musst du aber wirklich unter die Dusche. Und ich begreife es nicht, bis mir Annemarie sagt: Du, ich glaube, dein Mann ist tot.

„Nein, wie hast du das wieder schön gemacht! Und die Petersilie auf den Kartoffeln, wirklich hübsch!"

„Dann wünsche ich jetzt guten Appetit, meine Liebe. Ich darf dir schon mal den Fisch vorlegen. Sei du so nett und gieß den Wein ein. Ein edles Tröpfchen, ein richtiger Sonntagswein!"

„Wie hast du das Pfannengemüse nur so hingekriegt?"

„Mit ein bisschen Majoran abgeschmeckt. Ein Hauch nur, aber es verändert den Geschmack total. Mach mal eine von den Kartoffeln auf!"

„Warum?"

„Na, mach doch mal!"

„Donnerwetter, wie hast du denn die Füllung da rein bekommen?"

„Du wirst lachen, mit einer meiner Insulinspritzen."

„Originell, in der Tat. Werd ich mir direkt merken. Schmeckt gut, scheint Pastete aus Teilen der Limandes zu sein."

„Stimmt, Limandes ist dabei. Und? Zufrieden?"

„Aber ja. Auch wenn mich der Wein ein bisschen schwindlig macht. Scheint mir für einen Tischwein ziemlich schwer zu sein."

„Es ist ein leichter, klarer Biowein. Aber wenn du dich ein bisschen hinlegen möchtest?"

„Lass mal, ist nur die normale Mittagmüdigkeit."

„Ganz so normal wohl doch nicht. Du wirkst ja, als hättest du Atemnot. Und ich hab mir soviel Mühe mit dem Essen gegeben."

„Ja, es war auch …"

„Obwohl ich für eine Frau gekocht habe, die ich schon seit Jahren nicht mehr ausstehen kann!"

„… soll das … heißen …?"

„Dass ich dich vergiftet habe, mein Schatz. Dass ich endlich meine Ruhe vor deinen ewigen Nachschnüffeleien haben werde. Meine Ruhe vor deinen Besserwissereien. Dass ich wieder mal ein bisschen angeben darf, ohne dass gleich jemand mit spitzen Nädelchen in meine bunten Luftballons sticht."

„Man … wird … es merken."

„Nichts wird man merken. Dass ich deine Kartoffeln mit Hechtmilch gespritzt habe, darauf wird keiner kommen. Aber das ist ein Teufelszeug, weil es während der Fortpflanzungszeit dieser Tiere extrem giftig ist. Schlechter Fisch, wird man im Leichenschauhaus denken. Und dort, meine Liebe, wirst du spätestens gegen – na, sagen wir gegen 15 Uhr liegen. Hörst du mich noch? Sag, hörst du mich noch?"

Krystyna Kuhn

Déjà-vu

Wenn eines Tages ein Freund mit der Erklärung vor deiner Tür steht, er habe jemanden umgebracht, dann darfst du nicht zögern, du musst ihn hereinbitten. Ein berühmter Mann, dessen Namen ich vergessen habe, hat einst behauptet, dies bedeute wahre Freundschaft, doch ich vermute, er war nie in der Situation, sich als genau dieser Freund erweisen zu müssen.

Sie hieß Lara, doch ich nannte sie Tiffany. Sie kam aus Russland, genauer gesagt aus Sankt Petersburg, war nicht älter als neunzehn und galt als Wunderkind. Doch das wusste ich an jenem kalten, stürmischen Novemberabend, als ich ihr zum ersten Mal begegnete, noch nicht.
Völlig durchnässt, deprimiert und daher einigermaßen angetrunken, durchwühlte ich gerade die Taschen meines Jacketts auf der Suche nach dem spurlos verschwundenen Schlüsselbund, als ich spürte, dass jemand hinter mir stand. Ich wandte mich um. Zunächst bemerkte ich nur die Birken, die sich gegenüber im Botanischen Garten im Wind bogen, bis plötzlich sie im Licht der Straßenlaterne erschien.
Nein, kein Blitz, es war ein Déjà-vu.
Das schwarze kurze Kleid. Die große Sonnenbrille auf den hochgesteckten Haaren – das Mädchen sah

aus, als frühstücke sie bereits ihr Leben lang bei Tiffany in der Fifth Avenue. Sie war Audrey Hepburn – war ihr Haar auch nicht schwarz, sondern von einem besonders intensiven Bernsteinblond. Aber es waren der Blick, der Gang, in denen sie der Hepburn glich, diese Mischung aus Melancholie und Grazie, die Art und Weise, wie sie in dieser beinahe mystischen Versunkenheit an mir vorbeiging, wie sie den riesigen Cellokasten abstellte, um die Tür aufzuschließen.

Und als ihr abwesender Blick mich traf, bildete ich mir ein, ich würde von diesem hinabgezogen in die Tiefen ihrer Seele, ja ich glaubte noch immer in diesen schwarzen Augen zu versinken, als sie mir schon mit lautem Knall die Tür vor der Nase zuschlug.

Ich fand schnell heraus, dass sie nicht nur in demselben Haus im Frankfurter Westend wohnte wie ich, nein, sie hatte auch die Wohnung neben meiner bezogen.

Nun legte ich es geradezu drauf an, ihr zu begegnen. Bis sie meine Hartnäckigkeit mit einem Lächeln belohnte, das sie nur für mich erfunden zu haben schien.

Dass ich sie danach vergessen könnte, war undenkbar, auch weil sie mich Tag für Tag mit Mussorgski, Tschaikowski und Strawinsky von der unendlich mühsamen Arbeit als erfolgloser Drehbuchautor ablenkte. Ich musste mich einfach in sie verlieben, wollte ich nicht verrückt werden von dieser Musik. Ja, ich hatte nur die Möglichkeit wahnsinnig oder süchtig zu werden. Wahnsinnig, weil ich diese Cellokonzerte nicht länger ertragen konnte, süchtig, weil der verstörend klare Klang des Instruments einen unwiderstehlichen Sog auf mich ausübte. Und so bekam ich nicht genug von der aufregenden Virtuosität ihres Spiels, das, gedämpft durch die Wände, die uns trennten, in meinen Ohren umso sehnsuchtsvoller auf mich wirkte.

Von Woche zu Woche, von Monat zu Monat begegneten wir uns wieder und wieder und mit der Zeit gelang es mir immer häufiger, sie im zugigen Flur in ein Gespräch zu verwickeln. Und so unterhielten wir uns über ihre Kunst, die Musik, über ihre Arbeit im Orchester der Frankfurter Oper, in letzter Zeit auch zunehmend über den neuen jungen Generalmusikdirektor Thor Olaf Hamre, ein Norweger, über dessen Namen wir lachten. Und in noch einem Punkt waren wir uns einig. Es gab nur zwei Gründe, für die es sich zu leben lohnte. Für die Kunst und … für die Liebe. All dies gab Anlass zum Optimismus.

Meine Hoffnungen schienen sich zu erfüllen, als sie an jenem Frühlingstag an meiner Tür klingelte. Es war ein milder, sonniger Abend im Mai und durch die Fenster drang der Duft der Bäume und Sträucher, die im Botanischen Garten in voller Blüte standen. Tiffanys langes Haar fiel über die schmalen Schultern. Sie trug ein dünnes, fast durchsichtig scheinendes schwarzes Kleid. Ein exotischer Vogel, der sich in meine Wohnung verirrte und als sie mit dieser betörend hellen Stimme fragte *Paul, du bist doch mein Freund, oder? Du wirst mir helfen?*, blieb mir keine Wahl, noch dazu weil sie mit einem verführerischen russischen Akzent sprach und damit dem Wort Freund – heute würde ich sagen, ein übertriebenes – Gewicht beimaß.

Ihr helfen?

Welche Frage?

Welcher Mann würde nicht, wenn er schon nicht der Geliebte sein konnte, Audrey Hepburn zumindest seine Freundschaft anbieten?

Ich nickte.

„Ich habe Olga umgebracht", erklärte sie.

Mir blieben nur wenige Minuten, um den Schock zu verkraften, der sich unerwartet heftig einstellte, obwohl ich ihre Schwester nur selten gesehen, geschweige denn mit ihr gesprochen hatte. Ich erinnerte mich lediglich an ihre zierliche Gestalt und die streng zurückgekämmten roten Haare. Ach ja – und das Klacken ihrer Pumps, wenn sie die Treppe hochkam und wir erschreckt auseinander fuhren.

Bevor ich noch etwas sagen konnte, fuhr Tiffany bereits fort: „Und weißt du, was ihre letzten Worte waren? *Bolschoje spasibo*".

Bolschoje spasibo. Großen Dank.

In Verbindung mit Tiffanys Aussage, sie habe ihre Schwester umgebracht, klang dies geradezu lächerlich absurd, aber verrückt genug, um eine gute Geschichte zu erwarten. Vielleicht war das der Grund, weshalb ich tat, was dieser berühmte Mann, dessen Name mir entfallen ist, vorgeschlagen hatte. Ich sagte: „Komm doch erst einmal herein."

Kaum hatte ich das gesagt, schob sie sich auch schon an mir vorbei in die Küche und nahm auf dem Stuhl Platz, wobei ein sonderbares Lächeln ihre Züge verzerrte. Für einen kurzen Moment erkannte ich sie wieder, die naive Verwirrtheit der Hepburn.

„Was ist passiert?", fragte ich betont ruhig.

„Hast du Wodka?"

Ich ging zum Kühlschrank, öffnete ihn, zog aus dem Gefrierfach die Flasche, goss jeweils einen kräftigen Schluck in zwei Wassergläser und reichte ihr das ihre schweigend. Sie hob das Glas, murmelte *Za Zdarowje* und kippte den eisig kalten Wodka mit einem Ruck hinunter.

Lange Zeit sprachen wir kein Wort, bis Tiffany stockend zu erzählen begann.

„Sie kam gegen vier", flüsterte sie „und trug das rote Strickkleid, das ich ihr geschenkt habe. Sie dachte immer, es sei echt, aber das war es nicht. Ich war es, ich habe das Versaceschild hineingenäht, verstehst du?"

Ein Schock, das ist ein Zustand, in dem der Verstand auf keinerlei Logik mehr reagiert, vergleichbar damit, wenn die Sicherung ausfällt und im ganzen Haus der Stromkreis zusammenbricht. Daher nickte ich, als würde ich verstehen, welche Rolle das Kleid für den Fortgang der Geschichte spielte.

„… und diese Schuhe aus Hongkong."

„Schuhe?"

„Aber sie waren natürlich nicht von Gucci. Sie dachte es nur", erklärte sie mit einem abwesenden Lächeln auf den Lippen. Genau so hätte auch Audrey Hepburn gelächelt – einsam, verträumt, und dennoch unbekümmert.

„Sie kam also gegen vier …", brachte ich Tiffany zurück zum Anfang.

„Und küsste mich auf die Stirn", nahm sie den Faden auf. „Doch dann …", von einer Sekunde zur anderen wechselte Tiffany von einem fast heiter zu nennenden Tonfall zur Hysterie, „dann fiel sie sofort über mich her ‚Weshalb trägst du die Haare offen? Das steht dir nicht. Es sieht unordentlich aus. Weißt du noch wie Mutter ihr Haar trug? Du könntest ihr so ähnlich sein!'"

„Ich finde, du solltest deine Haare immer so tragen", versuchte ich sie zu beruhigen.

„Danke." Sie beugte sich nach vorne und legte ihre Hand auf mein Knie. Der Ausschnitt ihres Kleides gab den Blick auf ihre Brüste frei, die jede für sich allein bereits eine unwiderstehliche Wirkung auf mich hatten.

„Was passierte dann?", versuchte ich mich zu konzentrieren.

„Olga hatte Warenje gekocht."

„Was?"

„Warenje. Du weißt doch …"

Ich erinnerte mich dunkel an das Glas Marmelade als Dank für den Mixer, den ich Tiffany ausgeliehen hatte. Es war mir allerdings ein Rätsel, was die Marmelade in der Geschichte zu suchen hatte und bei der Gelegenheit fiel mir auch ein, dass sie den Mixer noch nicht zurückgebracht hatte.

„Aus Walderdbeeren", erklärte sie, als handele es sich um eine Nebensächlichkeit, was es auch war, doch bemerkte ich einen lebhaften Ausdruck in ihren Augen, der nicht zu der Gleichgültigkeit in ihrer Stimme passte. In ihrem Blick lagen ein Glanz und noch etwas, was ich nicht verstand. Noch nicht. „Sie hatte die Beeren selbst im Wald gepflückt", hörte ich sie, „und eingekocht. ‚Hier im Westen', sagte sie immer, ‚können sie keine Marmelade kochen.' Oh, Olga liebte es, ihren Tee mit Warenje zu süßen. Ich ziehe ja Kandis vor. Aber das war nicht alles, …"

Sie hob die Hand und erst jetzt bemerkte ich, dass sie einen Umschlag in der Hand hielt.

„Was ist das?"

„Ihr Geschenk."

Ich begriff, dass diese Geschichte wie jede Geschichte ihren eigenen Gesetzen folgte, dass ich nicht eingreifen durfte. Es war Tiffany, die die Regie übernommen hatte und ich hoffte in einer Mischung aus Sehnsucht und Furcht, dass auch mein eigenes Leben in den Bann dieser Regie geraten würde.

„Ich habe es dir bereits erzählt. Ich stamme aus einer angesehenen und wohlhabenden Offiziersfamilie.

Mein Vater hat uns verlassen, noch bevor ich geboren wurde. Wir, meine Mutter, Olga und ich, wohnten in einer schäbigen Einzimmerwohnung in Petersburg. Eines Tages, als ich von der Schule nach Hause kam – ich war zehn – starb meine Mutter an einer Überdosis Tabletten. Von da an kümmerte sich Olga um mich. Sie hat alles getan, um meine Karriere zu ermöglichen."

Ich wagte nicht, sie zu unterbrechen.

„Olga hat es meiner Mutter auf dem Totenbett versprochen, verstehst du? Mein Talent war ihre Hoffnung. Meine Begabung ihre Zukunft. Mein Geld ihres. Ich, der aufsteigende Stern Russlands, so stand es in der Zeitung. ‚Mein Verdienst', behauptete sie immer. ‚Mein gerechter Lohn für all die Mühen und Plagen.'"

Ohne Vorwarnung brach sie in Tränen aus und ebenso schlagartig stellte sie das Weinen wieder ein. „Ich sollte das Leben führen, das sie nie führen konnte. Sie hat mich überall angeboten wie auf dem Basar. Von einem Konzert zum anderen. New York, Hongkong, Sydney. Sie war ein Parasit", zischte sie. „Lebte von mir, von meinem Geld. Sie war unersättlich … Wirst du mir helfen?" Die letzte Frage kam fordernd, fast schon boshaft.

„Ich helfe dir."

„Versprichst du es?"

Ich schloss die Augen: „Ich verspreche es."

Plötzlich änderte sich ihr Gesichtsausdruck erneut. Wirklich, sie war so wankelmütig wie Holly in *Frühstück bei Tiffany*.

„Hast du die Kritiken gelesen?", fragte sie ungeduldig.

Wie hätte ich die Worte vergessen können, mit denen ihr letztes Solokonzert in der Alten Oper geschildert worden war. „Faszinierend, verzaubernd, hinreißend", zitierte ich laut, doch Tiffany hörte mich nicht, sie sprach einfach weiter. Ihre schmalen Arme flogen durch die Luft, als würden ihre Hände zum Schlussakkord ansetzen. „Aber weißt du, was sie dazu sagte? ‚Nichts wärst du ohne mich. Verheiratet wärst du mit diesem Fedja. Drei Kinder hättest du. Würdest in einem Vorort von Petersburg wohnen. Dankbar musst du mir sein, dankbar.'"

Ich ignorierte die Erregung in ihrer Stimme, mir lag nur eine Frage auf der Zunge „Wer ist Fedja?"

„Fedja war Geiger und meine große Liebe in Sankt Petersburg." Etwas verdunkelte ihren Blick „Olga fürchtete zu Recht, ich könnte ihm meine Karriere opfern."

Ich wollte etwas sagen, aber sie hörte mich nicht, vielmehr sprach sie weiter, atmete dabei in unregelmäßigen Stößen, die an ein Fieber denken ließen. „Dankbar? Dafür, dass sie mich jeden Tag damit gequält hat, dass ich üben, üben, üben musste? Weißt du, wie sie mich endgültig dazu brachte, Fedja zu verlassen?"

Ich schüttelte den Kopf.

„Sie sagte, unsere verstorbene Mutter sei ihr im Traum erschienen und habe sie aufgefordert Russland zu verlassen, um in den Westen zu gehen."

Bereits die Worte einer lebendigen Mutter können wie ein Orakel wirken, das dein ganzes Leben vergiftet, niemand wusste das besser als ich, doch der letzte Wunsch einer sterbenden Mutter – das war wahrlich schlimmer als ein Orakel, das war ein Fluch.

„Was passierte dann?", fragte ich und goss uns noch einen Wodka ein, den sie sofort mit einem einzigen Ruck hinunterkippte.

„Sie verlangte nach Tee und während ich in der Küche war, legte sie Aida auf. Die Arie ‚Mein Vaterland, ich seh' dich nimmerdar'. Weißt du …" Sie beugte sich nach vorne, ihre Beine waren leicht geöffnet, als halte sie das Cello zwischen den schmalen Knien und gewährte mir einen weiteren, großzügigen Blick auf … zu spät, ihr Oberkörper fuhr zurück. „Sie hat wie immer alles ohne mich geplant."

Ich hatte keinen blassen Schimmer, wovon sie sprach, hörte ihr einfach nur zu wie ein guter Freund, allerdings ließ mich der Gedanke an diesen Fedja nicht los.

„Als ich mit dem Tee ins Wohnzimmer zurückkam, gab sie mir diesen Briefumschlag."

„Was war in dem Umschlag?"

„Flugtickets."

„Flugtickets?"

„Zurück. Sie wollte zurück nach Sankt Petersburg. Hatte bereits ein Angebot für mich angenommen. Ich sollte in der Philharmonie ein Konzert geben."

Sie würde wegfahren. Nie wieder würde ich sie spielen hören. Nie wieder …

„Ich sollte zurück nach Russland", Tiffany goss den dritten Wodka ein. „Nach Petersburg, in die Heimat … Aber ich werde nicht fahren. Ich bleibe hier. Hier ist mein Leben. Das ist mein Zuhause. Hier nur, im Westen, kann ich für meine Kunst leben … Russland ist kalt und herrisch wie Olga. Aber hier, hier bin ich frei."

Sie atmete tief durch und ohne Übergang brach sie in ein schrilles Lachen aus. „Genau das habe ich ihr erklärt, aber … ‚Lara, du kannst überall spielen', sagte sie. ‚Lara, Mütterchen Russland wird dich lieben.' Aber …" Ihr Gesichtsausdruck verwandelte sich erneut von einer Sekunde zur anderen. „ich will nicht geliebt werden, ich will lieben."

Gerne hätte ich ihr erklärt, dass ich zur Verfügung stand, stattdessen fragte ich: „Wann, wann musst du weg?"

„In einer Woche."

„Alles, ohne dich zu fragen?"

„Man kann sich Olgas Plänen nicht widersetzen. Nein, es gab nur eine Lösung."

„Welche?"

„Ich kehrte in die Küche zurück, um nach dem Borschtsch zu schauen."

Mich überkam eine seltsame Unruhe, die stärker wurde, je lauter sie sprach, je schneller ihre Lider zuckten.

„Olga kam mir nach …" Sie stockte kurz und mir fiel auf, dass ihre Hand zitterte: „Sie sagte ‚Täubchen, du hast den Tee vergessen. Tee. Täubchen'", wiederholte sie sarkastisch. Das war nicht Audrey Hepburn, das war Glenn Close in *Eine verhängnisvolle Affäre*. Plötzlich erinnerte ich mich wieder mit Entsetzen an ihre Bitte, ihr zu helfen, das Versprechen, ihr Freund zu sein.

„Sie öffnete das Glas mit Warenje. Ich sagte, ‚geh schon, ich bringe dir deinen Tee.'" Ihr Tonfall war nun boshaft, höhnisch. Ihr Gesicht von einer marmornen, totengleichen Blässe. „Ich gab drei Löffel Marmelade in die Tasse mit dem Tee und goss heißes Wasser aus dem Samowar darüber. Es ging alles ganz schnell. Sie hat nichts bemerkt."

„Was, was hat sie nicht bemerkt?"

Doch Tiffany ignorierte meine Frage, atmete stattdessen tief durch und fuhr fort „Dann aßen wir gemeinsam den Borschtsch, tranken den süßen Tee und unterhielten uns, bis Oljuschinka sich schlecht zu fühlen begann. Sie meinte, dass sie Fieber habe und klagte über starken Durst. Wollte noch mehr von dem Tee. Oh, sie sah wirklich schlecht aus. Ihre Augen glänzten seltsam. Ich fragte sie, ob sie sich hinlegen wolle. Sie sagte ja und ich brachte sie ins Schlafzimmer, zog ihr die Schuhe aus, deckte sie zu, küsste sie auf die Stirn. Und sie flüsterte ‚*Vielen Dank!*' Wieder lachte Lara kurz auf. ‚*Bolschoje spasibo!*'"

Inzwischen war es draußen Nacht geworden und eine Stille herrschte, als würde jedes Geräusch auf der Straße von der Unruhe verschluckt, die mich überfiel.

„Dann ist sie eingeschlafen." Die Stimme des Mädchens vor mir war nun ohne jegliche Regung. „Ich habe die Küche aufgeräumt, den Mixer gesäubert, die Warenje Löffel für Löffel die Toilette hinuntergespült und diese anschließend mit Abflussfrei gereinigt. Als sie nach zwei Stunden noch immer nicht wach war, bin ich zu ihr gegangen und da war sie tot."

Lag es an der Art wie sie gesagt hatte: ‚Und da war sie tot?' Oder daran, dass sie jetzt erneut lachte? Zum ersten Mal empfand ich die Bedrohung. Ich fürchtete mich nicht vor dem Tod selbst, sondern vor seiner Vertreterin in Gestalt dieser unschuldigen Zerbrechlichkeit vor mir.

„Wer soll mir glauben, wenn ich der Polizei erkläre: ‚Ich habe keine Ahnung, Herr Kommissar, wie die Tollkirschen in die Warenje kommen konnten. Vielleicht hat sie sie beim Sammeln verwechselt'." Ihre Stimme überschlug sich geradezu.

Ich fröstelte. „Wo ist sie jetzt?"

„Oh, sie liegt noch in meinem Bett, deswegen bin ich ja hier. Du hast versprochen mir zu helfen."

Ich war es, den ich fürchtete. In mir tickte die Angst vor mir selbst.

„Helfen?"

„Ja, wir müssen sie doch begraben."

„Begraben?"

„Wir legen sie in den Cellokasten und tragen sie über die Straße. Nur über die Straße", sagte Lara. Ihr Blick – die starren, leblosen Augen einer Puppe. „Ich habe mir alles genau überlegt. Es ist dunkel. Niemand wird uns sehen und sie liebt die Birken im Botanischen Garten so sehr. Sie erinnern sie an Russland. Und wir werden sagen, dass sie dorthin zurückgefahren ist."

„Wir?"

„Niemand wird sie vermissen."

„Aber ..."

„Still! Wenn du mein Freund bist, dann musst du mir helfen. Du hast es versprochen, erinnerst du dich?" Ihr Blick war nun von einem gespenstischen Schwarz. Ihre Stimme ein Messer, das durch die Stille fuhr.

Nina. Der französische Film, in dem Lucien seine abgöttisch geliebte Zwillingsschwester in einem Cellokasten durch die Stadt trägt.

Alles war möglich.

„Aber warum?", fragte ich. „Warum musste sie sterben? Für deine Karriere? Für die Musik? Ist es das wert?"

„Nein, für die Liebe", erwiderte Lara. „Für Thor Olaf Hamre." Ein triumphierendes Lächeln umspielte ihre Lippen.

Dieses Lächeln, ich sehe es bis heute immer und immer wieder, obwohl Tiffany nach diesem Abend verschwand. Jedes Mal läuft mir ein eiskalter Schauder über den Rücken, wenn ich mich erinnere und bis heute kann ich keinen Film mit Audrey Hepburn mehr sehen.

Und immer wenn sich die hohen Birken im Botanischen Garten gegenüber im Wind zu mir herunterbeugen, wage ich keinen Blick aus dem Fenster. Und seit dieser Zeit schreibe ich unaufhörlich und mit Erfolg, um nicht verrückt zu werden vom Klang des Cellos, das unablässig und stumm durch die Wand klingt.

Harald Schneider

Autoren sterben früher

Die jugendlich wirkende 33-jährige Nadine Korbs war für die erste Märzwoche erstaunlich dünn bekleidet. Trotzdem schien sie nicht zu frieren, als sie eilig über das neu verlegte Pflaster des Schillerplatzes in Schifferstadt lief. Nadine kannte sich hier bestens aus, schließlich lebte die Krimiautorin zusammen mit ihrem Mann schon seit einigen Jahren in der größten Gemeinde des Rhein-Pfalz-Kreises.

Es geschah aus heiterem Himmel. Nur etwa zehn Meter neben der Pension *Rehbach* hörte Nadine Korbs ein leises Pfeifen. Das war das Letzte, was sie hörte. Die Kugel drang direkt in ihre linke Schläfe ein. Als ihr verkrümmter Körper auf dem Pflaster aufschlug, war sie bereits tot.

Kriminalhauptkommissar Palzki hatte selten mit solchen unnatürlichen Todesfällen zu tun. Und wenn, dann waren es meist eindeutig eifersüchtige Ehemänner oder Streitereien, die nach reichlich Alkoholgenuss eskalierten. Doch der Fall Korbs lag anders, denn die Schriftstellerin wurde regelrecht hingerichtet. Der Schütze entkam unerkannt im Trubel des nachmittäglichen Verkehrs.

Reiner Palzki hasste diese ersten Besuche bei den Hinterbliebenen. Nadines Mann Peter wirkte jedoch sehr gefasst, als Palzki ihm die schreckliche Todesnachricht überbrachte. Palzkis Meinung nach vielleicht etwas zu gefasst.

„Ich weiß, dass ich Sie damit jetzt eigentlich noch nicht belästigen sollte, Herr Korbs. Doch je früher wir Informationen über das Opfer und eventuelle Tathintergründe erhalten, desto Erfolg versprechender sind unsere Ermittlungen. Können Sie mir vielleicht sagen, wo Ihre Frau heute Nachmittag hinwollte?"

Peter starrte seinem Gegenüber einige Sekunden lang in die Augen, bevor er nach einem tiefen und befreienden Atemzug antwortete: „Was wollen Sie wissen? Das, was sie mir gesagt hatte oder das, was sie tatsächlich machen wollte?"

Palzki schluckte. Sein erster Eindruck hatte ihn also nicht getäuscht, denn mit dieser Frage hatte er offensichtlich gleich in ein Wespennest gestochen.

„Am besten, Sie erzählen mir alles der Reihe nach. Es macht Ihnen doch nichts aus, wenn ich mir dabei Notizen mache?"

Peter winkte mürrisch ab, bevor er schließlich mit seiner Geschichte begann.

„Meine Frau ist hier in der Region eine recht bekannte Krimiautorin. Ihre Krimis sind zwar immer erfunden, doch sie basieren meist auf realen Hintergründen, die sie in irgendwelchen Zeitungsartikeln fand. Nun beginnt demnächst hier in der Nähe ein großes Festival, auf dem sich die bekanntesten Krimiautoren Deutschlands treffen. Wie sie mir sagte, recherchierte sie in diesem Zusammenhang an einer großen Geschichte. Es sollte sich um eine Riesenkorruption im Landkreis handeln. Auf dem Festival wollte sie die Bombe platzen lassen."

Reiner Palzki notierte eifrig mit.

„Aha, da hätten wir ja schon mal einen wichtigen Anhaltspunkt. Wissen Sie noch etwas Genaueres über diesen angeblichen Korruptionsfall?"

Peter Korbs lachte kurz auf.

„Nein, da kann ich Ihnen wirklich nicht mehr weiterhelfen. Über ihre Recherchen wusste ich so gut wie nie Bescheid. Doch Sie können gerne ihren PC durchforsten, aber ich vermute, dass Sie dort auch nichts Brauchbares finden werden."

Er machte eine kurze theatralische Pause.

„Ich glaube allerdings, dass sie nicht im Zusammenhang mit ihrer Recherche unterwegs war, sondern sich vielmehr auf dem Weg zu einem Schäferstündchen mit ihrem Liebhaber befand!"

Der Kriminalhauptkommissar ließ beinahe seinen Kugelschreiber fallen.

„Wie bitte? Sie wollte gerade zu ihrem Liebhaber gehen? Haben Sie dafür Beweise? Wissen Sie, wer dieser Mann ist?"

„Da muss ich Sie leider enttäuschen, Herr Palzki. Ich habe keine Ahnung. Und ich wollte es ehrlich gesagt auch gar nicht so genau wissen. Wir hatten uns sowieso schon ziemlich auseinandergelebt."

Reiner Palzki befragte Herrn Korbs bestimmt noch eine halbe Stunde lang, ohne jedoch noch irgendwelche lohnende Details zu erfahren.

Kaum war Palzki zurück im Büro, erwartete ihn auch schon die nächste Überraschung. Während seiner Abwesenheit wurde bereits routinemäßig Nadines Mann überprüft. Die Daten, die der Polizeicomputer ausdruckte, waren sehr aufschlussreich. Peter Korbs war aktiver Sportschütze in der Schützengesellschaft Schifferstadt und hatte bereits zwei Strafbefehle wegen unerlaubten Waffenbesitzes erhalten.

Der Kriminalhauptkommissar war gerade dabei, den Obduktionsbericht zu lesen, als es an der Tür klopfte. Zwei ihm unbekannte Männer traten ein.

„Entschuldigen Sie bitte, dass wir ohne Voranmeldung zu Ihnen kommen. Doch am Eingang wurde uns gesagt, dass wir am besten gleich direkt zu Ihnen durchgehen sollen. Sie sind doch für den Mordfall Korbs zuständig, oder?"

Reiner Palzki stand auf und begrüßte die beiden Personen, die sich mit Ben Mosbacher und Alexander Gerstner vorstellten.

„Freut mich, Sie kennen zu lernen. In welchem Verhältnis standen Sie zu der Toten?"

„Wir kannten sie nicht persönlich", antwortete Ben Mosbacher. „Wir kommen vom Syndikat."

Palzki stutzte.

„Keine Angst, wir sind nicht kriminell und unser Syndikat ist absolut legal. Das Syndikat ist die Vereinigung der deutschsprachigen Krimiautoren. Wir beide sind für die Organisation des Festivals zuständig, das in ein paar Wochen stattfindet. Frau Korbs war Mitglied in unserer Vereinigung."

„Ja, ich habe bereits gehört, dass das Opfer für Ihre Veranstaltung recherchiert hat. Können Sie mir vielleicht sagen, um was es dabei genau ging?"

Alexander Gerstner schüttelte den Kopf.

„Tut uns leid, über die einzelnen Pläne der Autoren wissen wir auch nichts Ausführlicheres. Über ihren Verlag ließ sie jedenfalls eine große Veranstaltung planen. Vielleicht können Sie über ihren Verlag mehr in Erfahrung bringen?"

Bevor Reiner Palzki darauf etwas erwidern konnte, übernahm schon Ben Mosbacher das Wort.

„Wir müssen zugeben, dass uns der Mord an Frau Korbs zwar sehr erschüttert, wir aber aus einem anderen Grund gekommen sind."

Palzki stutzte erneut.

„Einem anderen Grund? Na, dann schießen Sie mal los. Aber nehmen Sie meine Aufforderung bitte nicht allzu wörtlich."

Gerstner lächelte gequält über dieses Wortspiel.

„Herr Palzki, Sie können sich bestimmt denken, dass der Mord an Frau Korbs einen riesigen Medienrummel ausgelöst hat. Die Fernsehteams und die Reporter stehen bei uns Schlange. Einerseits könnte man sich über so viel Publicity für die Criminale freuen. Doch um welchen Preis?"

„Diese Geschichte schadet dem Image der deutschen Kriminalliteratur sehr", fiel Mosbacher seinem

Kollegen ins Wort. „Wir haben es sowieso schon schwer genug, gegen die englischsprachige und skandinavische Konkurrenz anzutreten, deshalb möchten wir Sie bitten, alles Menschenmögliche zu unternehmen, damit der Mörder möglichst schnell gefasst wird."

„Meine Herren, natürlich werde ich unabhängig davon, ob es dem Buchmarkt oder Ihrem Festival schadet oder nicht, mein Bestes geben um den Fall zu lösen. Es kann gut sein, dass ich noch ein paar Fragen an Sie habe. Bitte hinterlassen Sie bei meinem Kollegen Ihre Adresse, unter der ich Sie erreichen kann."

Kriminalhauptkommissar Palzki hatte die beiden Herren, die ihm ja offensichtlich sowieso nicht weiterhelfen konnten, gerade verabschiedet, als sein Telefon läutete.

„Palzki!", meldete er sich mit festem Ton. „Wie bitte? Noch ein Mord? Ich bin schon unterwegs."

So schnell er konnte, verließ er das Polizeigebäude und fuhr mit Sondersignal in Richtung Schillerplatz. Direkt vor der Pension *Rehbach* hielt er an. Beim Aussteigen konnte er noch an der Stelle, an der die Krimiautorin erschossen wurde, die dunkelrot verwaschenen Flecken auf dem Pflaster erkennen.

Doch ohne sich weiter darum zu kümmern betrat er schnell die Pension, in der sich mittlerweile schon einige seiner Kollegen aufhielten. Sein Kollege Gerhard Steinbeißer kam ihm in diesem Moment entgegen.

„Gut, dass du schon da bist. Der Tote liegt im ersten Stock."

Während die beiden hoch zu Zimmer 104 gingen, erläuterte Gerhard schnell ein paar Hintergründe.

„Der Tote hat sich unter dem Namen Bernd Roller ein Zimmer für eine Nacht genommen. Seine Identität wird gerade überprüft. Allem Anschein nach wurde er zunächst betäubt und anschließend erdrosselt. Jedenfalls deutet alles darauf hin, weil der Rest in einem der beiden Sektgläser leicht verfärbt ist."

„Der Täter scheint ja ein schöner Stümper gewesen zu sein", antwortete ihm Palzki. „Außer er wollte, dass wir das bemerken."

In diesem Moment betraten die beiden das Zimmer. Das Opfer lag rücklings quer über dem französischen Bett. Die Würgemale am Hals waren nicht zu übersehen.

„Herr Steinbeißer, wir haben wichtige Neuigkeiten."

Ein weiterer Beamter betrat das Zimmer und wandte sich dann aber Kriminalhauptkommissar Palzki zu, als er diesen erkannte.

„Guten Tag, Herr Palzki. Gut, dass Sie auch schon da sind. Wir haben soeben die Identität des Opfers geklärt. Bernd Roller ist nicht sein richtiger Name. Er hieß Marc Schwitzner und arbeitete im Bauamt des Schifferstadter Rathauses."

Palzki nickte mehrmals.

„Also entweder war er Nadines Geliebter oder ihr Informant. Es dürfte wohl klar sein, dass die Korbs gerade auf dem Weg zu ihm war, als sie erschossen wurde."

Palzki zog sich nun Einweghandschuhe über und begann, die Leiche zu untersuchen. Als er vorsichtig in die Jacke des Toten griff, bekam er überraschend eine Klarsichthülle mit Dokumenten zu fassen. Voller Interesse begutachtete er die Unterlagen.

„Mach's mal nicht so spannend, Reiner. Was hast du da gefunden?", wollte sein Kollege Gerhard wissen.

„Du wirst es nicht glauben", antwortete ihm der Kriminalhauptkommissar. „Es ist eine Arbeitsvorlage für die vierte Änderung des Bebauungsplanes des Neubaugebietes in Schifferstadt." Diese Geschichte stinkt doch zum Himmel, dachte sich Reiner Palzki. „Offensichtlich wollte der Täter, dass wir diese verräterischen Papiere hier finden. Irgendetwas stimmt hier nicht. Anscheinend sind wir hier auf ein großes Komplott auf städtischer Ebene gestoßen."

Palzki forderte noch einen Beamten auf, ihm so schnell wie möglich Kopien der gefundenen Unterlagen zu schicken, bevor er sich von seinen Kollegen verabschiedete.

Als der Kriminalhauptkommissar die Pension *Rehbach* verließ, traute er seinen Augen nicht. Auf dem Schillerplatz standen mindestens drei Kamerawagen und ein wahres Heer von Reportern stand hinter der weiträumigen Absperrung und interviewte vorbeikommende Passanten.

Am nächsten Morgen erwartete den Kriminalhauptkommissar neben einem ausführlichen Lebenslauf von Marc Schwitzner auch seine Tagespost, die sich auf seinem Schreibtisch stapelte. Wie jeden Morgen zu Dienstbeginn sortierte er zunächst Unwichtiges aus. Doch dann weckte ein Kuvert, auf dem mit seltsam ungelenkigen Buchstaben sein Namen stand, sein Interesse. Palzki wusste es sofort: Hier hat jemand versucht, seine Handschrift zu verstellen. Er öffnete den Brief und begann zu lesen.

‚Herr Palzki. Mein Name tut nichts zur Sache. Doch ich habe wichtige Informationen für Sie. Nadine Korbs war vor drei Jahren in Spanien und hat dort eine Frau getötet. Die Verwandten der Frau haben Rache geschworen."

Mehr stand nicht auf dem Blatt, kein Name, keine Adresse.

Reiner Palzki beschloss, Peter Korbs erneut einen Besuch abzustatten.

Peter schien nicht gerade von Trauer umgeben, als er ihm die Tür öffnete.

„Guten Morgen, Herr Kriminalhauptkommissar. Was führt Sie denn schon wieder zu mir? Wollen Sie mir etwa mitteilen, dass Nadines Liebhaber tot aufgefunden wurde? Das habe ich bereits in der Zeitung gelesen. Doch mehr kann ich Ihnen darüber auch nicht sagen. Ich kannte ihn ja nicht einmal."

„Schon gut, Herr Korbs. Ich bin auch aus einem ganz anderen Grund gekommen. Mir wurde ein anonymer Brief zugesandt, in dem jemand Nadine beschuldigt, in Spanien eine Frau getötet zu haben."

Peter schaute Reiner Palzki einen Moment lang überrascht an, bevor er laut herauslachte.

„Nadine soll jemanden umgebracht haben? Wer erzählt Ihnen denn so etwas?"

„Wie gesagt, der Absender war anonym."

„Herr Palzki. Ich machte mit Nadine vor drei Jahren in Spanien in Lloret de Mar Urlaub. Meine Frau hatte sich dort einen Mietwagen ausgeliehen, doch der wurde eines Nachts vor dem Hotel gestohlen. Der Dieb hatte noch in der gleichen Nacht eine Frau überfahren und anschließend Fahrerflucht begangen. Da mehrere Zeugen Fahrzeugtyp und das Nummernschild erkennen konnten, war meine Frau zuerst verdächtig. Doch da ich bezeugen konnte, dass sie die ganze Nacht bei mir war, hat sich dieser Verdacht nicht bestätigt."

„Wir werden das auf jeden Fall überprüfen. Wurde der Dieb eigentlich später ermittelt?"

„Meines Wissens nicht und auch das Fahrzeug hat man nicht gefunden, vermutlich wurde es im Meer versenkt."

Ein paar Minuten später verabschiedete sich Palzki, um zurück ins Büro zu fahren. Dabei fuhr er automatisch am Schillerplatz vorbei, der immer noch mit Neugierigen und Journalisten gefüllt war. Im Vorbeifahren erkannte er plötzlich Ben Mosbacher und Alexander Gerstner, die gerade dabei waren, einem Filmteam ein Interview zu geben. Palzki parkte seinen

Wagen verbotenerweise halb auf dem Gehweg und ging auf die beiden Festival-Organisatoren zu.

Er wartete, bis das Interview beendet war und begrüßte anschließend die beiden Herren.

„Hallo die Herren. Was treibt Sie so schnell wieder nach Schifferstadt?"

Die beiden begrüßten den Kriminalhauptkommissar schon fast wie einen alten Freund.

„Aber Herr Palzki, wir versuchen, uns ein Bild von der momentanen Situation zu machen. Vielleicht wäre es besser, das Festival ganz abzusagen? Doch darüber sind wir uns im Moment noch nicht im Klaren. Der Medienrummel hier ist wirklich gigantisch. Aber um welchen Preis?"

„Ja, um welchen Preis", wiederholte Palzki. „Der Fall ist so rätselhaft, dass es wohl noch eine Zeit lang dauern wird, bis wir ihn entschlüsselt haben. Ich wünsche Ihnen noch einen schönen Tag, ich muss zurück ins Büro."

„Ja, um welchen Preis", sagte Ben Mosbacher zu seinem Kollegen Alexander Gerstner, als sie wieder alleine waren.

„Und nur wir beide kennen den genauen Preis", antwortete Alexander. „Er kostet das Leben eines unserer Mitglieder und eines Außenstehenden. Doch dafür sind das Syndikat und das Festival jetzt so bekannt wie nie zuvor. Ben, du hast die Opfer wirklich perfekt gewählt und Palzki wird uns bei den vielen falschen Fährten nie auf die Spur kommen."

Monika Geier

Almosen

Gestern hatte ich einen Termin mit Saar-TV. Es ging um ein werbendes Interview für meine Lesung in einer Woche in Saarlouis. Die Verbindung zu der dortigen Buchhandlung hat meine Tante zustande gebracht. Sie ist die Frau des Landrats. In Saarlouis genieße ich Protektion. Zum Glück habe ich schon Erfahrungen mit dem Fernsehen. Ich weiß, dass ein Portrait von fünf Minuten in der Landesschau zwei Tage Arbeit für vier Leute bedeutet: Die Regisseurin, der Kameramann, der Tonfuzzi und noch einer, der schweigend nebendran steht und Befehle entgegennimmt. Außerdem der Mensch, um den es geht, sowie seine Verwandten und Freunde und deren Verwandte und Freunde. Dazu kommen die Vorbereitung und schließlich der Schnitt des dreieinhalbstündigen Filmmaterials auf fünf Minuten.

Fernsehen dauert unglaublich lange. Man wiederholt dabei bereits Gesagtes so häufig, dass man irgendwann beginnt, über Worte und Gesten nachzudenken und sie zu verwerfen, sodass man zum Schluss in einem merkwürdigen Stakkato spricht. Es ist eine Sache, die man üben müsste. Zuschauer machen es natürlich schlimmer.

Das war auch der Grund dafür, dass ich den Termin, der eigentlich bei uns im Gemeinschaftsatelier angesetzt war, noch kurzfristig umlegen ließ. Ich stellte mir nämlich plötzlich die spöttischen Kommentare meiner Künstlerkollegen vor, etwa: „Monika Geier, seit gestern bekannt aus Funk und Fernsehen". Also rief ich meine Tante an und fragte, ob man auf dem alten Friedhof drehen dürfe. Der alte Friedhof in Saarlouis ist ein kühler Ort voller morbide verfallener Engel. Passend zum Krimi und hübsch zum Filmen.

„Selbstverständlich", sagte meine Tante.

„Auf normalen Friedhöfen braucht man eine Genehmigung", sagte ich, das wusste ich von der Regisseurin.

„Wir nicht", erklärte meine Tante. Sie gehört einem Verein an, der diesen Friedhof erhalten will. Der Vorsitzende ist der zweite Mann nach dem Landrat. „Aber ich rufe unseren Vorstand an, der kriegt die Genehmigung, falls wir sie brauchen."

„Spitze", sagte ich. „Der Termin ist am Montag um drei, falls du Lust hast, zuzusehen."

„Ja", sagte meine Tante. „Oh ja."

Darauf rief ich meinen Vater an, der auch Saarländer ist und zu allen Unternehmungen dort mitgenommen werden muss. Es wäre sinnlos, ihn auszuschließen, denn alles, was im Saarland passiert, erfährt er doch. Außerdem brauchte ich eine Fahrgelegenheit. Ich erzählte ihm also von dem Vorhaben. „Dann fahr ich dich", sagte mein Vater entschlossen. „Ich komm so gegen zwei."

„Super, danke", sagte ich.

„Wann ist das noch mal?", fragte mein Vater. Ich sagte es ihm, noch mal.

„Ja, dann fahr ich dich", sagte mein Vater. Ich bedankte mich.

„Um drei müssen wir da sein?", fragte mein Vater.

„Ja", sagte ich.

„Das ist gut, da kann ich dich fahren", sagte mein Vater.

„Spitze", sagte ich. „Ich freu mich schon."

„Also, dann fahren wir um zwei", beschloss mein Vater. „Dann haben wir genug Zeit und sind so gegen drei da."

Wir fuhren dann schon um eins und waren um zwei bei meiner Tante. Die Sonne strahlte wie toll vom Himmel und der Hund meiner Tante, Liesel, war voll frühlingshaftem Jagdtrieb. Während meine Tante der Liesel zu Nachbarn nachstieg, und ich ihr über die Zäune folgte, um sie besser zu verstehen, erklärte sie mir, sie habe alle Leute, die es anginge, aufgefordert zu kommen, also im Grunde halb Saarlouis. Dann gab mir meine Tante, Laub aus meinen Haaren zupfend, Instruktionen: „Merk dir bitte folgende Namen: Herr Adeler, das ist der Vorsitzende vom Friedhofsverein. Der hat *auch* schon einige Bücher veröffentlicht, heimatkundliche, darüber kannst du sprechen, wenn er mit dir redet. Und der Herr Horst, Vorstandsmitglied, der kennt sich richtig gut aus. Der wird sehr nützlich sein, der kennt die Geschichte von jedem einzelnen Grabstein. Du musst ihm die Hand geben, denk dran." Sie pfiff nach Liesel und stand mit ihrer guten Hose in irgendwelchen Büschen und sah mich eindringlich an. "Es wäre nett, wenn du den Verein erwähnen könntest. Ich habe dir ein Blatt mit unseren Zielsetzungen zusammengestellt. Das geb ich dir gleich."

Sie fing den Hund ein und wir gingen ins Haus und ich bekam eine DIN-A-4-Seite voller Fremdwörter mit einer angehefteten Blanko-Beitrittserklärung zum *Förderverein Alter Friedhof*. Ich verglich das Blatt mit dem Fragenkatalog, den mir die Regisseurin gemailt hatte: "Was sind Ihre schönsten saarländischen Kindheitserinnerungen?" Anschließend hatte ich bereits Schwierigkeiten, mich an den Namen des Vorstandsvorsitzenden zu erinnern. Adler? Horst? Dennoch erklärte ich meiner Tante, ich würde mein Bestes tun. Sie sah mich zweifelnd an. Ich hatte ihr an Weihnachten einen ganzen Packen Bücher signiert und Saarlouis jeweils ohne u geschrieben. Darüber ist sie noch nicht weg.

Kurz vor drei dann trafen wir am alten Friedhof ein, er lag ruhig unter seinen düsteren Bäumen und Frau Kopper, die Regisseurin, erwartete uns schon. Sie war jung und freundlich und ein bisschen nervös und hatte mir unvorsichtig geschrieben, ich dürfe auch eigene Themenvorschläge machen. Das nutzte meine Tante sogleich, um der Dame unser übergeordnetes

Ansinnen vorzustellen. Wir zeigten ihr einige schöne Stellen, überwucherte Gräber, Rost, abgebrochene Flügel, malerischen Verfall. Frau Kopper bewunderte alles höflich. Dann klingelte ihr Handy: Das Team verspäte sich. So hatten wir Gelegenheit, der Regisseurin noch viel mehr von dem Friedhof zu zeigen und sie mit dem Vorsitzenden Adeler und seinem Kollegen Horst, den mit den Geschichten, bekannt zu machen, was zum Glück vorerst meine Tante übernahm. Insgesamt waren wir jetzt zu sechst, die Herren vom Verein, meine Tante, mein Vater, Frau Kopper und ich. Es gab eine Art Führung, Herr Horst sprach begeistert über Grabsteine, Herr Adeler – als Schriftstellerkollege – eher pflichtbewusst über mein Buch. Ob auch er von meiner Tante instruiert worden war?

Vereinzelte Passanten begannen sich zu interessieren und gingen langsamer vorbei. Dann kam noch eine Dame vom Kulturressort im Landratsamt, die meine Lesung mitorganisiert hatte. Ich schüttelte ihr, dafür erkenntlich, die Hand, derweil die arme kleine Regisseurin uns verwundert und leicht panisch betrachtete. Bei der nächsten Gelegenheit wandte ich mich ihr zu und erklärte leise, mir aber dennoch meiner Zuhörer bewusst, wie dankbar ich war. Zum einen meinem Vater, der mich stets chauffierte, zum anderen meiner Tante, die diesen Termin ermöglicht hatte und auch dem Friedhofsverein, der mir freundlicherweise vor einiger Zeit gestattet hatte, hier die Fotos für meine Cover zu machen. Und vor allem auch meinen Lesern, wie zum Beispiel Herrn Adeler. Frau Kopper verstand. Dann nahm sie mich still beiseite und erklärte mir, dass sie dies nur nebenberuflich tue, und der, den man von dem Friedhof überzeugen müsse, sei der Kameramann.

Der Kameramann war ein cooler Typ mit langen Haaren, einer breiten Visage und vier Ringen im linken Ohr. In seinem Schlepp befanden sich zwei stumme Praktikanten knapp unter zwanzig. Es war keiner, den Herr Adeler oder Herr Horst eingestellt hätten. Der Kerl sah aus, als könne er mit Waffen umgehen und wüsste, wo man guten Stoff herbekommt. Wobei auch die kleine Frau Kopper von den Herren sehr skeptisch betrachtet wurde, die hatte nämlich orange Haare mit roten Strähnen drin und unglaublich viel Schminke im Gesicht und ein weit ausgeschnittenes, rotweißgrün geringeltes T-Shirt an. Und ganz bestimmt hätte auch ich den Vereinsvorstand im normalen Leben keinesfalls hinter seinen Schreibtischen hervorgelockt. Die Männer waren hier nur aus politischen Gründen. Und dass sie bei ihrem Anliegen den Umweg über meine Bücher würden nehmen müssen, war ihnen sichtlich unangenehm.

Mir auch. Dabei war ich nicht mal nervös, die Rolle hatte dankenswerterweise Frau Kopper übernommen. Die Anforderung, zwei bei aller oberflächlichen Verwandtschaft doch kaum vereinbare Themen, Krimivorstellung und Friedhofsanierung, spontan zusammenzubringen, bereitete ihr arge Probleme. Außerdem wurden wir (natürlich) von der Kamera, aber auch von meiner Tante und der Kulturdame aus dem Landratsamt, sehr direkt beobachtet. Die beiden hatten hinter einem Grabstein Stellung genommen und fixierten uns streng. Frau Kopper neben mir rang mit Worten, aber sie gab alles und fand eine wacklige Brücke für mich, „Frau Geier, warum haben Sie eigentlich *diesen Friedhof* als Ort für das Interview vorgeschlagen?"

Ich tat auch mein Bestes und sagte, dass meine Tante im Vorstand des Fördervereins Alter Friedhof Saarlouis ist und die Herrschaften mir seinerzeit freundlicherweise erlaubt hätten, hier Fotos für die Cover meiner Bücher zu machen.

Nicht sagte ich, dass hier mehrere berühmte Leute liegen, unter anderem die Gattin eines Generals, dessen Name auf dem Arc de Triomphe steht. Ich überging, dass die Gräber sanierungsbedürftig sind und sich der Verein unter der Leitung von Herrn Adeler und Herrn Horst und meiner Tante aufopfernd um alles kümmert, aber Geld braucht. Und leider versäumte ich auch, die gemeinsame Liebe zur Architektur zu erwähnen, die meine Tante und mich verbindet. Dies Thema jedoch war von ihr fest eingeplant für den Fall, dass wir zufällig vor der Kamera auf sie persönlich zu sprechen kamen. Folglich bot sich nun auch keine logische Überleitung zu der interessanten neugotischen Kapelle, vor der wir uns befanden, an und so konnte ich eben nicht sagen, dass sie einst, verfallen und von Vandalen schwer beschädigt, vom Verein unter heftigem persönlichen Einsatz und vielen Opfern, die nun der Allgemeinheit zugute kamen, saniert worden war.

Ich nannte auch keine Kontonummer. Wieso, weiß ich auch nicht. Vielleicht ging es einfach zu schnell weiter mit eher untergeordneten Themen wie der Frage, was denn nun in meinem neuen Krimi eigentlich passiert, oder weshalb ich überhaupt schreibe und so fort. Alles Dinge, die in Anbetracht eines wirklichen Ziels, nämlich den Friedhof zu seinem Erhalt ins Fernsehen zu bringen, eher verblassten und die anwesende Denkmalslobby mit Ungeduld erfüllte. Mit ein bisschen mehr politischer Rednerroutine, wie sie alle Umstehenden zweifellos besaßen, hätte ich eine besonders alberne Frage einfach ignoriert und das unschätzbare Kulturgut um uns herum vorgestellt, statt eigensüchtig darüber nachzudenken, wie spannend mein Leben ist. (Spannend.) Schließlich wurde der stumme Unmut so stark, dass es Frau Kopper zu viel wurde und sie vorschlug, einen der Vereinsherren im Abspann gesondert zu Wort kommen zu lassen. Dieser Einfall wurde gnädig aufgenommen, leider nur im Lager der Saarlouiser Honoratioren. Der coole Kameramann quittierte die fromme Lüge – seit wann gab es bei einem Fünf-Minuten-Interview einen Abspann? – nur mit einem vielsagenden Kopfschütteln und einem coolen Zupfen an seinem schweren Gerät. Der würde aus Gefälligkeit seine Kamera nirgendwohin halten, soviel war klar.

Um Herrn Horst, der bereits seine Krawatte zurechtrückte, vom allzu Offensichtlichen abzulenken, schlug die immer nervösere Redakteurin vor, einen Spaziergang zu simulieren, um so mehrere Blickwinkel des Friedhofs im Film unterzubringen. Damit war erstaunlicherweise sogar der Kameramann einverstanden. Wir verließen also die Einstellung, und Herr Horst, dessen Krawatte nun tadellos saß, wies ehrfurchtsvoll auf Grabsteine hin, und wo General Sowieso läge, den kenne nun wirklich jeder.

Die Kulturdame vom Landratsamt verabschiedete sich, blieb aber in der Nähe. Mein Vater verwickelte einen der Praktikanten in ein Gespräch und erfuhr, dass er Praktikant war, was meinen Vater keineswegs erstaunte, wie er später zum Besten gab. Meine Tante, die von den endlosen Wiederholungen beim Drehen nur theoretisch (nämlich von mir) wusste, nahm die Redakteurin beiseite und erklärte ihr ziemlich spöttisch, die ganze Angelegenheit erinnere sie an einen Sketch von Loriot, den mit dem Klavier. Spätestens da schien Frau Kopper ihre Idee, mit mir zu filmen, ernstlich zu verfluchen. Sie zitterte und es fiel ihr merklich schwer, das Lächeln oben zu behalten. Dabei denke ich nicht, dass meine Tante die Frau ärgern wollte. Ganz im Gegenteil. Ich glaube, meine Tante hatte bei aller Wachsamkeit nicht wirklich mitbekommen, wie Frau Kopper mehrmals über das Monsterwort *Kriminalschriftstellerin* gestolpert war und deshalb ihre Frage und damit die ganze kleine Szene ebenso oft wiederholt werden musste. Wenn überhaupt, hielt meine Tante *mich* für ungeschickt und den *Kameramann* für indiskutabel. Dann stellte mein Vater zu allem Übel noch mittendrin ein fernes verwandtschaftliches Verhältnis der Frau Kopper mit einem ihm bekannten Lauterer Medizinprofessor gleichen Namens fest. Im Saarland kennen sich eben alle, wobei ich wetten würde, dass dieser Kopper sich nicht spontan an meinen Vater erinnern könnte, aber das nur nebenbei. Irgendwie gab jedenfalls der Medizinonkel der armen Redakteurin den Rest. Sie war nun dermaßen durcheinander, dass sie sich bei jedem neuen Satz verhaspelte und kaum mehr wagte, den finsteren Kameramann auch nur anzusehen. Ich hätte ihr sehr gern etwas Tröstendes gesagt, schließlich war ich die Frau mit der sperrigen Berufsbezeichnung und der Protektion. Aber ich war selbst allzu ausgefüllt mit der Anforderung, in kompletten Sätzen zu sprechen und dabei die Namen Adeler und Horst samt den zugehörigen Gesichtern und außerdem die korrekte Bezeichnung des Vereins im Gedächtnis zu behalten, für den Fall, dass es mir doch noch gelänge, irgend eine einigermaßen logische Überleitung zu finden. Vielleicht konnte ich die Herren der Einfachheit halber als alte Freunde vorstellen, die meinen Lebensweg entscheidend beeinflusst hatten. Oder eine kleine Andeutung über schwierige Zeiten in meinem Leben fallen lassen, während derer mir der Friedhof als Inspiration und geistige Heimstatt diente? Und überhaupt, wieso eigentlich nur *geistige* Heimstatt? Wenn hier die Penner unter den Grababdeckungen kampierten, wie einer der Herren gerade lautstark beklagte, warum dann nicht auch ich? War ich als angeheiratete Nichte des Landrats nicht viel berechtigter zu einer solchen Notmaßnahme als irgendein dahergelaufener Landstreicher, der sicher kein entfernter Bekannter eines berühmten Arztes und womöglich nicht einmal Saarländer war? Ja, so würde ich es aufziehen. *Das* war doch eine wirklich einleuchtende und logische Verbindung. Wie überzeugend könnte ich als geläuterte Grabschänderin meine jugendlichen Fehltritte bedauern und zum Spenden aufrufen! „Junge Kriminalschriftstellerin nächtigte aus Not wochenlang unter Grabplatte aus dem neunzehnten Jahrhundert. *Meine Bücher verkauften sich einfach nicht*, gibt die heutige Architektin und Hobby-Denkmalschützerin dazu an."

Einen kurzen Moment überlegte ich sogar, ob eine leichte Nekrophilie in Sachen Spendenaufruf opportun war. Doch ich entschied mich dagegen und merkte in dem Moment, dass ich zu lange unaufmerksam gewesen war: Wie hieß der Mann vorne noch gleich, der Geschichtenkundige, der gerade dem völlig ausdruckslos blickenden Team die Attraktivität eines schlichten, schattigen Grabes beizubringen versuchte, Heinz? Horst? Und was war er, genau? Zweiter Vorsitzender? Vorstandsmitglied? Mitarbeiter im Landratsamt? Parteifunktionär? Doktor oder nicht? Wie nannte sich der Verein noch mal offiziell und zum Mitschreiben?

In dem Grab, so gerade der Vereinsmensch, lag Bürgermeister Citeroen, ein weit über die Grenzen von Saarlouis bekannter Mann, vielleicht könne man hier …?

„Kein Licht", knurrte der Kameramann und blickte sehr deutlich auf seine coole Uhr.

Auf die Art zogen wir weiter, fast über das ganze Gelände, Frau Kopper traute sich nichts mehr zu sagen und war, glaube ich, einfach nur froh, in Bewegung zu bleiben. Herr Horst dagegen *wollte* reden. Er sprach, während wir sonnenbefleckte Wege und melancholische Engel passierten, und pausierte erst am Grab eines verunglückten Zirkuskinds namens Jojo. Nun versuchte er es mit den Kuriositäten. Und das Foto von Jojo in seinem ovalen, bemoosten Bildhalter war wirklich rührend. Sogar sein Pferd war mit drauf.

„Zu verwachsen", rügte der Kameramann, worauf wir die letzte Ruhestätte „meines lieben Negers Chim Bebe" aufsuchten, den sein Herr aus einer Kolonie mitgebracht und bald darauf an einen Virus verloren hatte („zu hell"). Schließlich schlug ich vor, die Motive der Buchcover abzufilmen, womit sich alle abfanden, denn vordergründig ging es ja darum. Ich musste mich hinter einen nackten geflügelten Chronos knien und Frau Kopper stellte mir trotzig die zuvor ausgehandelten Fragen: „Was sind Sie denn so für ein

Mensch?" Das Publikum begann sich offen zu langweilen. Mein Vater machte Witze, noch während ich sprach: „Monika Geier, seit gestern bekannt aus Funk und Fernsehen." Das Team einigte sich mit wenigen Blicken, den schlechten Ton in Kauf zu nehmen, dafür, dass die Sache möglichst bald vorbei wäre. Die Dame, die sich zuvor schon verabschiedet hatte, verabschiedete sich erneut. Ich kniete und streichelte den Flügel des Chronos und sprach mit schlechtem Gewissen über mich. Die anderen hatten wenigstens eine Mission, ich hockte hier nur um der Werbung willen, fürs Geld, oder schlimmer noch, weil ich ein mediengeiles Luder war, dabei aber zu ungeschickt, um eine einfache Sache wie einen Friedhof in meinen Worten unterzubringen, wozu war ich schließlich Autorin. Wenn schon keine Nekrophilie und Übernachtungen im Grab, dann doch zumindest etwas wie: „Wie bin ich so als Mensch, na, ich bin ein Mensch, der gern auf Friedhöfe geht, vor allem im Saarland, speziell auf denkmalgeschützte, und am lohnendsten finde ich als *Architektin* …" – oder so ähnlich. Natürlich sagte ich auch das nicht. Ich stotterte nur was über saarländische Wurzeln und Architektur und Tante und hätte beinahe die Kurve zu dem Friedhof gekriegt, als es aber auch schon hieß: „Woher beziehen Sie eigentlich Ihre Ideen?"

In dem Moment glaubte ich tatsächlich, in Frau Koppers Augen ein kleines überirdisches Funkeln zu sehen. Ich blickte zum Himmel auf und wusste plötzlich, dass dies ein Krimi war und wer sterben würde: die Kulturdame aus dem Landratsamt. Ganz klar. Sie sah hübsch und elegant aus, hielt sich abseits von der Gruppe und hatte sich überdies schon zwei Mal verabschiedet, also im Grunde selbst darum gebeten. Sie war das ideale Opfer. Von ihrem Hinscheiden würde man nicht viel hören. Ein kurzer Ausruf noch, ein kleines „Hmpf", und sie läge ermeuchelt hinterm nächsten Grabstein, dem eines Generals, selbstverständlich. Saarlouis ist eine Garnisonsstadt. Ich sah mich um: Tatsächlich war die Dame nicht mehr da. Das war schnell gegangen. Nun musste die Identität des Täters geklärt werden. Alle blickten mich abwartend an. Ich sagte rasch, bei meiner Arbeit entstünden zuweilen aberwitzige Situationen, da bräuchte ich nach Ideen nicht lange zu suchen. In Wahrheit tat ich das genaue Gegenteil und dachte fieberhaft nach. Eigentlich konnte nur der Kameramann der Mörder sein, allein wegen seiner Tattoos. Auch seine überaus körperliche Versiertheit mit komplizierter Technik sprach dafür, ganz zu schweigen von seiner tiefen Verachtung für alles außerhalb seines unmittelbaren Arbeitsauftrags. Vielleicht hatte er eine Kanone mit Schalldämpfer in seine Kamera eingebaut, oder eine kleine Armbrust. Eventuell auch ein Blasrohr, mit dem er in Froschgift getränkte Dorne verschießen konnte. Allerdings wäre er natürlich nur das ausführende Organ. Sonst wäre die Geschichte viel zu einfach. Der Kameramann war gekauft, ganz klar. Drogen und Haarpflegeprodukte kosten Geld und Kameras erst recht, und vermutlich war er ein Einmannsender, der alles andere auch selbst anschaffen musste, was weiß ich, was man sonst noch braucht, um Fernsehen zu machen und hochwertige Präzisionsgeräte mit geheimen Zusatzfunktionen auszustatten. Inzwischen hielt ich ein freies Referat zum Thema „Grabstein mit Chronos", das Herr Horst mir einsagte, und überlegte dabei, wer der Drahtzieher wäre. Herr Horst schied aus. Graue Eminenzen reden nicht so viel. Herr Adeler war der bessere Kandidat. Ihm konnte man ohne Weiteres irgendein Verhältnis zur hübschen Kulturdame andichten, schließlich war er Autor, also ein Kunstschaffender und fiel in ihr Ressort. Seine Verbindung zum Kameramann war allerdings weniger leicht zu konstruieren. Eine verwandtschaftliche Beziehung schied aus; die beiden sahen sich überhaupt nicht ähnlich. Blieben nur beiderseitige Kontakte zur Unterwelt oder regionale Filmförderung. Letzteres fand ich ganz nett, die Idee, wie der Adeler großzügig Landratsamtsgelder für die Herstellung einer experimentellen Doku über die schönsten Tattoo-Shops von Saarlouis zugunsten einer persönlichen Rache gegen die undankbare Dame Kultur bewilligte, gefiel mir irgendwie. Blieb nur die Frage, welche Rolle Frau Kopper in dem Drama spielen durfte. Sie war so liebevoll geschminkt und wiederholte so verzweifelt sämtliche Einstellungen, bei denen sie sich versprochen hatte, dass ich fand, sie habe zu viel gelitten, um jetzt als bloße Statistin vom

Platz zu gehen. Sie könnte das zweite Opfer sein. Ein zweites Opfer braucht man immer. Und Frau Kopper wäre als Tote sicher besonders attraktiv, vielleicht sogar besser als die Kulturdame selbst. Außerdem stand sie im Zentrum des Geschehens. Sie müsste geradezu zwangsläufig eine verdächtige Kleinigkeit beobachtet haben, beispielsweise ein falsches Zielen der Kamera. Moment, würde sie zu dem Kameramann sagen, während sie mit ihm im Schneideraum säße, Moment, hast du da nicht was ganz anderes gefilmt, da standest du doch so gegen die Sonne, in Richtung dieser gotischen Kapelle, da wo die Frau aus dem Kulturamt – und so weiter. Der Kameramann würde darauf irgendwas mit maximal einer Silbe knurren und kurzen Prozess mit ihr machen. Etwa so wie jetzt, als er es rundheraus ablehnte, zu tun, als filme er Herrn Horst dabei, wie er über den Friedhof sprach. Frau Kopper war das schrecklich unangenehm. Sie zitterte wieder: wie befürchtet, war Herr Horst beleidigt. Nun wird er wahrscheinlich nicht zu meiner Lesung kommen, und das ist allein ihre Schuld.

Wir verabschiedeten uns dann alle etwas befangen, nicht ohne der Frau Kopper noch die besten Empfehlungen an ihren medizinischen Onkel mitzugeben. Anschließend lud mein Vater meine Tante und mich zum Eis ein. Alle drei waren wir mit dem Ausgang der Angelegenheit nicht ganz zufrieden. Mein Vater sagte, dass er mit einem der Assistenten gesprochen habe und dass der nur ein Praktikant gewesen sei, genau wie mein Vater vermutet habe und dass sie nicht die besten Leute für mich geschickt hätten. Ich war frustriert, weil mir plötzlich auffiel, dass, bei allem, was für Herrn Adeler als Täter sprach, meine Tante die einzig mögliche Mörderin war: *Sie* hatte diesen ungleichen Haufen Menschen zusammengeführt, sie war die Einzige, die gewusst hatte, wer auf wen treffen würde und damit diejenige, der allein in diesem verzwickten Fall so etwas wie Planung vorzuwerfen war. Leider scheidet meine Tante aber als Mörderin aus. Denn sie ist mit mir verwandt. Und sie hat meine Lesung organisiert. Infolgedessen war sie ebenso unschuldig wie der just entlastete Herr Adeler, auch wenn sie ihrerseits gerade Schuld suchte, für die verkorkste Friedhofspräsentation nämlich, und zwar beim Kameramann. Ich sagte nichts dazu. Mit keinem Wort erwähnte ich, dass ich niemandem in Aussicht gestellt hatte, statt meiner ins Fernsehen zu kommen. Ich hütete mich auch, daran zu erinnern, dass ich nur zweien meiner Angehörigen vorgeschlagen hatte, zuzusehen, ausschließlich zu ihrem persönlichen Vergnügen, und dass die Jungs auf die absurden Änderungswünsche an ihrer Arbeit im Grunde enorm höflich reagiert hatten. Es schien mir in diesem Moment und angesichts der Miene meiner Tante leicht unangebracht. Wir einigten uns aber gemeinsam darauf, dass *Frau Kopper* nichts dafür konnte. Sie war ungeschickt, doch keine glatte Medientussi, die alle Leute mit ihrer Oberflächlichkeit unterdrückte und herumdirigierte. Und sie hatte sich Mühe gegeben.

Und war die Nichte eines berühmten Exilsaarländers. *Ich* konnte ebenfalls nichts dafür, denn ich war eine sensible Dichterin und schwangere Mutter und überdies immer aufgeregt bei öffentlichen Auftritten. Wenn ich es auch hätte besser machen können. Aber sei's drum. Wir warten jetzt die Lesung ab und sehen, wie ich mich da schlage. Auf Herrn Horst werde ich verzichten müssen, aber Herr Adeler und die Kulturdame und meine Tante werden natürlich kommen, und selbstredend fährt mein Vater mich hin. Zur Buchhandlung *Pieper* nach Saarlouis. Es ist eine Ehre, dort eingeladen zu werden. Danke.

Ich möchte Sie an dieser Stelle dringend und in meiner Eigenschaft als Diplom-Ingenieurin für Architektur auf den alten Friedhof in Saarlouis hinweisen. Es ist nicht nur ein malerischer, sondern baugeschichtlich hoch interessanter und erhaltenswerter Ort von überregionaler Bedeutung. Wichtige und geschätzte Menschen liegen dort begraben, es gibt zu jedem Stein eine Geschichte. Aufmerksam auf diesen Ort wurde ich durch meine Tante, die Gründungs- und Vorstandsmitglied des Fördervereins Alter Friedhof Saarlouis ist und mit der mich das Interesse für Kunst und Architektur verbindet.

Bei der Gelegenheit möchte ich auch meinen Eltern danken, die mir das Studium der Architektur ermöglichten und nichts mit meinem Hang zur Trivialliteratur zu tun haben. Im Speziellen danke ich meinem

Vater, der mich freundlicherweise häufig zu meinen Terminen chauffiert, da ich kein Auto habe.

Außerdem ist es mir ein echtes Bedürfnis, Herrn Adeler, dem Vorsitzenden des Fördervereins Alter Friedhof Saarlouis zu danken, dafür, dass mir die Möglichkeit gegeben wurde, dort Fotos zu machen und mich filmen zu lassen. Und nicht zuletzt verdient Herr Horst, ein Vorstandsmitglied desselben Vereins, besondere Erwähnung für seine fundierten Ausführungen über Details der baulichen Substanz auf dem Friedhof.

Darüber hinaus danke ich natürlich Frau Kopper für ihr Interesse und dem Kamerateam für die effiziente Arbeit.

Ich danke im Voraus allen, die sich den Fernsehbeitrag am kommenden Dienstag vor den Nachrichten bei Saar-TV ansehen werden, leider kann man diesen Sender nur im Saarland und nur über Kabel empfangen, vielleicht sollten Sie an dem Tag schnell mal rüberfahren und einen Bekannten oder einen Gastwirt bitten, sich den Kanal mal eben einzurichten, es ist da, wo bei uns der Stadtkanal läuft.

Weiterhin möchte ich Ihnen, liebes Publikum, ganz herzlich fürs Zuhören danken, es hat Spaß gemacht mit Ihnen. Und ganz zum Schluss noch eine kleine Bitte von mir: Notieren Sie sich doch folgende Nummer – die 370 445. Das ist die Kontonummer des Fördervereins Alter Friedhof Saarlouis bei der dortigen Kreissparkasse.

Ich sag Ihnen das nur für den Fall, dass Sie Interesse haben, ein wertvolles Kulturgut zu erhalten.

Angela Eßer

Betriebsausflug

Walther war ein Verlierer. Ein Versager. Eine Null. Auf der ganzen Linie, von Anfang an. Aber nicht heute. Nein, heute würde alles anders werden, schwor er sich. Betriebsausflug in die Pfalz zu vier oder fünf Winzern. Alle wären hinterher sternhagelvoll und würden schnarchend im Bus liegen. Nur er nicht, denn er kippte sich den Wein nicht einfach in die Gurgel, sondern trank nur zum Genuss. Wie der Juniorchef. Einer der wenigen Vernünftigen im Laden. Gottseidank ganz das Gegenteil vom Senior, der immer die Schokoladen aus seiner Schublade klaute. Oder Detlev von der Buchhaltung, der hinter ihm tuschelte und dann lauthals mit Kirstin lachte. Er wusste genau, was sie alle vom ihm hielten.

*

Es war wie immer. Beim Sektfrühstück war er der Letzte in der Reihe. Der Sekt war leer, die Brötchen weg und der Kaffee lauwarm. Im Bus war nur noch der Platz über dem Motor frei und er war der Einzige, der nicht über die blöden Witze von Karl lachen konnte. Er war wohl auch der Einzige, der sah, wie traumhaft es hier war. Es roch nach Ruhe und Süden. Die anderen grölten *So wunderschön wie heute*. Bald würden sie beim letzten Winzer einkehren. Rebblüten-Bowle, etwas ganz Besonderes. Die anderen würden überhaupt nichts mehr mitbekommen. Nicht das Besondere. Nicht sein Pulver.

Vorher noch die letzte Pinkelpause. Er grinste. Er sah sich am nächsten Morgen alleine mit dem Juniorchef den Laden betreten. Große Verwunderung. Keiner würde zur Arbeit erscheinen. Telefonieren und dann die Nachricht von der Polizei. Schnell stieg er die Treppen der Raststätte hinab und wäre am liebsten lauthals in Gelächter ausgebrochen, so sehr nahm ihn die Vorfreude gefangen. Er zügelte sich und ging langsam zum Parkplatz. Stolperte, … und sah die Rücklichter des Busses.

Die Autorinnen und Autoren

Anne Chaplet wohnt in Frankfurt am Main und in Südfrankreich und veröffentlichte 1998 mit *Caruso singt nicht mehr* ihren ersten Roman. Ihr inzwischen siebter, *Doppelte Schuld*, erschien 2007 bei Piper (alle anderen Bücher Antje Kunstmann Verlag). Unter dem Namen, der in ihrem Pass steht, dem der promovierten Politikwissenschaftlerin und Historikerin Cora Stephan, hat sie zahlreiche Sachbücher verfasst. Für ihre Romane *Nichts als die Wahrheit* und *Schneesterben* wurde sie mehrfach ausgezeichnet, unter anderem mit dem ‚Deutschen Krimi Preis'. Sie ist Mitglied bei den *Mörderischen Schwestern* und im *Syndikat*.
www.anne-chaplet.de

Martin Conrath wurde 1959 in Neunkirchen/Saar geboren und arbeitet als Schlagzeuger, Ledermaßschneider, Redakteur, PR-Berater, Dozent u. a. für Rhetorik, Kommunikation und Teamtraining. Er lebt mittlerweile in Düsseldorf, ist Mitglied im *Syndikat* und schreibt Saarland-Krimis, wie *Das Schwarze Grab* und *Der Hofnarr* (Emons Verlag), außerdem veröffentlichte er zusammen mit der Autorin Sabine Klewe den historischen Kriminalroman *Das Geheimnis der Madonna* (2007, Hanse-Verlag).
www.martinconrath.de

Angela Eßer wurde in Krefeld geboren, ist Herausgeberin diverser Krimi-Anthologien, Dozentin für Krimi-Kochkurse, Mit-Organisatorin des *Krimifestivals München* und ist im Sprecherteam des *Syndikats*, der Autorengruppe deutschsprachiger Kriminalliteratur. Sie lebt mit Kind und Pfälzer Ehemann in der Nähe von München.
www.tatort-deutscheweinstrasse.de

Monika Geier wurde 1970 in Ludwigshafen/Rhein geboren und ist Diplomingenieurin für Architektur. Sie war lange als Malermodell tätig, machte weite Reisen und ist Mutter zweier Söhne. Seit 1984 ist sie stolze Besitzerin der goldenen Wandernadel von Bayrischzell und seit dem Jahr 2000 arbeitet sie hauptberuflich als Autorin, veröffentlichte die Kriminalromane *Wie könnt ihr schlafen*, *Neapel sehen* und *Stein sei ewig* (alle Argument Verlag). Sie ist Mitglied bei den *Mörderischen Schwestern*, der Künstlerwerkgemeinschaft Kaiserslautern und im *Syndikat*.

Gunter Gerlach, geboren in Leipzig, lebt in Hamburg. Veröffentlichungen von Romanen und Krimis. Für seinen Allergiker-Krimi *Kortison* wurde er 1995 mit dem ‚Deutschen Krimi Preis' ausgezeichnet und für seinen Auftragsmord *On the road: von Lippstadt nach Unna* mit dem ‚Friedrich-Glauser-Preis'. Zuletzt erschien von ihm der Roman *Ich weiß* (2006, Rotbuch Verlag). www.gunter-gerlach.de

Marcus Gieske wurde 1968 in Hürth geboren und lebt seit fünfzehn Jahren glücklich in der Eifel. Nach einigen Jahren im Bereich der Seniorenbetreuung wechselte er in die Computerbranche und hat nun wagemutig beschlossen, mit seinem Hang zum Schreiben seinen Lebensunterhalt zu bestreiten. Zurzeit absolviert er ein Fernstudium zum Werbetexter und Konzeptioner und teilt seine Geschicke mit zwei Hunden und drei Katzen, die sich als äußerst geduldige Zuhörer erwiesen haben.

Peter Hardcastle, Jahrgang 1950, lebt unter seinem richtigen Namen Burkhard P. Bierschenck in München und der Bretagne, er schreibt Romane, Kurzgeschichten und Gedichte. 1976 Literaturpreis Arbeitswelt, Zürich. Zahlreiche Kurzgeschichten-Veröffentlichungen in Zeitschriften und Anthologien, außerdem Romane, u. a.: *Der Reiter von Masar-i-Scharif* (Pawlak Verlag 1984); *Das Vidjaja Komplott* (Bookspot Verlag 2005). Als Herausgeber betreute er die Krimianthologien *Das dunkle Mal* und *Mord zur besten Zeit* (beide Bookspot Verlag). Unter dem Pseudonym Peter Hardcastle erschienen im Bookspot Verlag die Krimis *Fitzmorton und der lächelnde Tote* (2002) und *Fitzmorton und der sprechende Tote* (2005).
www.bierschenck.de

Almuth Heuner, geboren 1962 und aufgewachsen im Ruhrgebiet; Studium, Abschluss 1987 als Diplom-

Übersetzerin in Germersheim (Uni Mainz), Studium Germanistik in Mannheim; seit 1990 in Frankfurt am Main, erst als Schlussredakteurin einer Fachzeitschrift, seit 1998 als freie Schriftstellerin und Übersetzerin. Die Herausgeberin kulinarischer Krimi-Anthologien ist Mitglied bei den *Mörderischen Schwestern* (Präsidentin von 1999 – 2001).
www.heuner.de

H. P. Karr, alias Reinhard Jahn, geboren 1955, war nach- und nebeneinander Reporter, Redakteur, Übersetzer und Ghostwriter. Er lebt seit mittlerweile vierzig Jahren im Ruhrgebiet und veröffentlichte bisher die Kriminalromane *Geierfrühling, Rattensommer, Hühnerherbst, Bullenwinter* sowie das *John-Lennon-Komplott* (alle gemeinsam mit Walter Wehner) und gab die Krimi-Anthologie *Hotel Terminus* heraus. 1996 erhielt er den ‚Friedrich-Glauser-Preis', den Autorenpreis deutschsprachige Kriminalliteratur für den besten Kriminalroman des Jahres.
www.krimilexikon.de

Jürgen Kehrer, geboren 1956 in Essen, lebt in Münster. Er ist der geistige Vater des Buch- und Fernsehdetektivs Georg Wilsberg. Er schrieb sechzehneinhalb Wilsberg-Krimis (die fehlende Hälfte stammt aus der Feder von Petra Würth: Bei dem Roman *Blutmond – Wilsberg trifft Pia Petry* handelt es sich um ein Gemeinschaftswerk) und etliche Wilsberg-Drehbücher

für das ZDF. Außerdem hat Jürgen Kehrer noch einige historische Kriminalromane sowie Sachbücher über Mord und Totschlag veröffentlicht.
Zusammen mit Angela Eßer und Gisa Klönne ist Jürgen Kehrer seit 2005 im Sprecherteam des *Syndikats*.
www.juergen-kehrer.de

Herbert Knorr, geb. 1952 in Gelsenkirchen. Bankkaufmann in Berlin, Studium der Germanistik und Geschichte und wissenschaftlicher Mitarbeiter an der Mercator-Universität Duisburg. 1988 Promotion. Seit 1994 Leiter des Westfälischen Literaturbüros in Unna. Arbeiten u. a. über Schnitzler, Goethe, Dürrenmatt, M. Walser. Satiren, Hörfunkarbeiten und zahlreiche Herausgeberschaften, u. a. drei Krimistory-Bände *Mord am Hellweg*. Zuletzt veröffentlichte er 2003 (zusammen mit W. Thiele) das Sachbuch *Der Himmel ist unter uns. Die Entdeckung des ersten Weltwunders zwischen Rhein und Weser, Lippe, Ruhr und Main*. Herbert Knorr ist Festivalleiter der Krimifestival-Biennale *Mord am Hellweg – Tatort Ruhr*, Europas größtes internationales Krimifestival.

Ralf Kramp, geboren 1963 in Euskirchen, lebt und arbeitet als Karikaturist und Autor in der Eifel. Er schrieb zahlreiche Kriminalromane und Storys und ist Herausgeber einiger Krimi-Anthologien. Mit der Kölner ‚Agentur Blutspur' veranstaltet er spannende Krimi-Wochenenden in der Eifel. Zuletzt erschien sein Roman *Ein kaltes Haus* (2004, KBV Verlag). www.ralfkramp.de

Krystyna Kuhn, geboren 1960 in Würzburg, studierte Slawistik, Germanistik und Kunstgeschichte in Würzburg, Göttingen und Krakau. Anschließend war sie Leiterin der Handbuchredaktion eines Softwareunternehmens. Seit 1995 lebt sie als freie Autorin in der Nähe von Frankfurt am Main. Nachdem sie bereits durch mehrere Kurzgeschichten auf sich aufmerksam gemacht hatte, erschien 2001 mit *Fische können schweigen* (Kabel) ihr erster Kriminalroman, gefolgt von *Die vierte Tochter* (2003, Piper), *Engelshaar* (2005, Piper) und *Wintermörder* (2007, Goldmann). Krystyna Kuhn schreibt außerdem Thriller für Jugendliche. 2007 erschienen *Schneewittchenfalle* (Arena) und *Märchenmord* (Arena). www.krystyna-kuhn.de

Heidi Rehn, Jahrgang 1966, wuchs im Rheintal auf. Die geschichtsträchtige Kulisse weckte in ihr schon früh die Begeisterung für vergangene Zeiten. Seit ihrem Germanistik- und Geschichtsstudium stöbert sie mit großer Leidenschaft in Archiven und Bibliotheken. Das 19. Jahrhundert hat es ihr dabei besonders angetan. Mittlerweile lebt sie schon 20 Jahre in München und arbeitet dort als freie Journalistin und Autorin. *Blutige Hände* heißt der erste Band einer neuen Serie mit dem Ermittler Severin Thiel, die zur Zeit des bayerischen „Märchenkönigs" Ludwig II. spielt. Im

Oktober 2007 folgt unter dem Titel *Tod im Englischen Garten* Thiels zweiter Fall (Emons Verlag). www.dierehn.de

Ingrid Schmitz, geboren 1955 in Düsseldorf, arbeitete dort als Speditionskauffrau bei einer kanadischen Reederei und später im sowjetischen Außenhandel. Sie hat bisher zahlreiche Kurzgeschichten, Fachartikel, Rezensionen und Ratekrimis veröffentlicht. Im Juli 2006 ist ihr erster Kriminalroman *Sündenfälle* (Gmeiner-Verlag) erschienen. Im Juli 2007 erscheint der zweite Band mit ihrer Serienfigur Mia Magaloff. Sie ist Herausgeberin von Kriminal-Anthologien und leitet ein Autoren-Internet-Portal, ist Mitglied bei den *Mörderischen Schwestern* und im *Syndikat*. www.krimischmitz.de

Harald Schneider wohnt im Rhein-Neckar-Dreieck in Schifferstadt bei Ludwigshafen und begann bereits während seines Studiums zu schreiben. Zunächst schrieb er für diverse Studentenzeitungen, im Laufe der Zeit folgten immer mehr Kurzkrimis und Geschichten für die Regenbogenpresse. Seit der Geburt seiner drei Kinder (Jahrgang 1994 – 2000) beschäftigt er sich intensiv mit Kinderratekrimis und Detektivgeschichten. Daneben arbeitet er heute als Betriebswirt in einem Medienkonzern, beschäftigt sich dort mit Strategieplanung im Verlagswesen und ist Mitglied im *Syndikat*. www.harald-schneider.gmxhome.de

Klaus Seehafer, 1947 in Alsfeld/Hessen geboren, aufgewachsen in der Eifel und in Bayern.
Ausbildung zum Buchhändler, später Studium in Stuttgart (Diplom-Bibliothekar). Bis 2005 Leiter der Stadtbibliothek und des Kommunalen Kinos Diepholz/Niedersachsen, seither freier Schriftsteller in Bitterfeld (Sachsen-Anhalt).
Mitglied im *Verband Deutscher Schriftsteller*, der *Goethe-Gesellschaft* und der deutschen *Sherlock-Holmes-Gesellschaft*.
www.klaus-seehafer.de

KRIMIZEIT BEIM BOOKSPOT VERLAG:

Der Ruf der Eule
Frank Bresching, ISBN 978-3-937357-17-1

150.000 in bar – Privatdetektivin R. Volk
Carin Chilvers, ISBN 978-3-937357-18-8

Genau sein Kaliber
Ilse Goergen, ISBN 978-3-937357-04-1

Blut im Schuh
Ilse Goergen, ISBN 978-3-937357-11-9

Fitzmorton und der lächelnde Tote
Peter Hardcastle, ISBN 978-3-9808109-0-6

Fitzmorton und der sprechende Tote
Peter Hardcastle, ISBN 978-3-937357-08-9

Gute Motive
Angelika Stucke, ISBN 978-3-937357-10-2

Gute Gründe
Angelika Stucke, ISBN 978-3-937357-16-4

Gute Argumente
Angelika Stucke, ISBN 978-3-937357-20-1

Die Axt im Haus
Burkhard P. Bierschenck (Hg.), ISBN 978-3-9808109-9-9

Das dunkle Mal
Burkhard P. Bierschenck (Hg.), ISBN 978-3-937357-01-0

Mord zur besten Zeit
Burkhard P. Bierschenck (Hg.), ISBN 978-3-937357-05-8

Stille Nacht, tödliche Nacht – Kurzkrimis zum Fest
Angela Eßer (Hg.), ISBN 978-3-937357-19-5

Mönche, Meuchler, Minnesänger
Günter Krieger (Hg.), ISBN 978-3-937357-22-5

Die Schöne von Carnac
Gisèle Guillo, aus dem Französischen von Bärbel Lange
ISBN 978-3-937357-27-0

Erhältlich in jeder guten Buchhandlung
oder im Internet unter www.fachbuch-direkt.de